問題だらけの文化祭で、渉の能力が
遺憾無く発揮される!
別のクラスの子と話す渉。
誰かにものを教える渉。
慣れた手付きで
ノートパソコンを片手に持つ渉。
どれも、私が知らない渉だった――。
夢見る男子は
現実主義者
yumemiru danshi ha
genjitsusyugisya

♥ EX2 ひな鳥の来訪 ♥
「さぁーじょー!!
うぇぇぇぇぇっ……!」
なんで学校《ここ》に愛莉ちゃんが!?

!?
「――愛莉!?」

誰かのためだなんて関係ない。渉は頑張った。
その姿を羨んで嫉妬したはずだったけど、今ではそんなことどうでも良かった。
ただ愛おしく感じてしまう彼を、労《ねぎら》わずには居られなかった。
「お疲れさま、渉」
――好き、かも。
背中に向けて、息だけで伝えた。

夢見る男子は現実主義者6

おけまる

HJ文庫
986

口絵・本文イラスト　さばみぞれ

contents

1章 ❤ ❤ 動き出す歯車

『やります。やらせてください』

――夏川《なつかわ》を助けるために。

生徒会の長であり、Ｋ《楓》４のクール系イケメンこと結城《ゆうき》先輩《せんぱい》の思惑《おもわく》にまんまと乗せられた俺《おれ》は、協力者である石黒《いしぐろ》先輩と連携《れんけい》しながら直ぐに動き出した。実際に花輪《はなわ》先輩が取り繋《つな》いでくれる〝外部協力者〟とコンタクトを取るのは明日の昼。準備早過ぎだろ……優男《やさお》風イケメンの優《やさ》しい部分どこ行った。

放課後を迎《むか》え、とにかく足を動かさねばと思い生徒会室へ直行する。それまでの最中《さなか》、頭の中を占《し》めるのは中二の後期に人生で初めて飛び込《こ》んだアルバイトの光景だった。

『そんなんでよくやろうと思ったな』

バイト先の全員に言われた。あの時は中学生って事も黙《だま》ってたし、後ろめたさと自分の〝格の低さ〟的なものに囚《とら》われて色々と拗《こじ》らせてた。今もかもしれないけど……。露骨《ろこつ》すぎて迷惑《めいわく》かけた記憶《きおく》しかない。それでも中三の半ばまで続けられたのは、俺を拾ってくれた現場のチームがまだ新しく、覚えることの少ない状態で始まったからだろうな。

初めてまともに触《さわ》るパソコン。組み上げられていく体制。学校とは違《ちが》ってやること為《な》すこと全《すべ》てにはっきりした目的があって、夏川とは別で、俺がのめり込むのにそう時間はかからなかった。バイト代を貰《もら》っていただけに本当はこんな言い方ダメなんだろうけど、惰《だ》性《せい》で部活をしなかった俺には何よりも自分を成長させるものだった。

焼き付けられたように頭に残っているその時のノウハウ。それをどう活《い》かし、今回の文化祭案件に関《かか》わって行くか。少なくとも、身動きを取りやすくするためには情報が足りな過ぎると思った。

足を急がせ、生徒会室に近付くと何だか騒々《そうぞう》しい事に気付く。

『──ッ──────！』

『──さい！　────！』

「姉貴……？」

珍《めずら》しく……はないけど、久々に聴《き》く姉貴の張った声。いっそう足を速めると、生徒会室の前には時々見かける金髪《きんぱつ》頭の女が姉貴に詰《つ》め寄っていた。

「で、でもわたくしならっ───！」

「こっちはアンタに構ってる暇《ひま》なんて無いわけ！　邪魔《じゃま》になる前にさっさと消えな！」

「……っ……！」

東雲《しののめ》・なんとか・茉莉花《まりか》。相変わらずフルネームが思い出せないパツキンのお嬢様《じょうさま》。見た目があれだけインパクト抜群《ばつぐん》なのに中身のある会話をした事が無い気がする。にしても姉貴の感情をむき出しにさせるとは中々やるな。〝佐城楓被害者《さじょうかえでひがいしゃ》の会〟の未来はあの子の双肩《そうけん》にかかっているかもしれない。

恫喝《どうかつ》されるように目の前から圧を掛《か》けられたお嬢《じょう》は悔《くや》しげに表情を歪《ゆが》ませると、いかにもお嬢様なダッシュでその場から離《はな》れ、西棟《とう》の方に向かって行った。

「また懐《なつ》かしいもんが見れたな」

「……っ……アンタ」

「気が立ってんのは解《わか》っけど、そこまでのもん？」

「うるさい……」

深い追及《ついきゅう》はデンジャラス。姉貴の沸点《ふってん》はある瞬間《しゅんかん》から一気に跳《は》ね上がるからな。ちょっとでも嫌《いや》な予感がしたら黙るに限る。こーゆーときは感情を抜《ぬ》きにした話をした方が早く切り替《か》えられそうだ。

「……なに。何か用」

「知りたい事があんだけど」

「……」

姉貴が目を細める。そんな疑わしい目で見られんのは心外だ。こっちは仕事を手伝うために来てやってるっつーのに。

◆

実行委員会から上がってくる仕事は滞《とどこお》っているし、生徒会の他《ほか》のメンツは生徒会室を飛び出して外回りをしてるそう。校内巡回《じゅんかい》のこと〝外回り〟って呼んでんの……？　学校の外に出たらどうなるんだよ。〝遠征《えんせい》〟？

結城先輩から聞いた話をボカしつつ説明して俺が生徒会の仕事を手伝う事を姉貴に伝えると、脚《あし》を組《く》み替えながら怪訝《けげん》な目を向けられた。

「………何でアンタが仕事を」

「もともと手伝わせようとしてたじゃんか」

「あれはどうでもいい雑用だったからでっ……」

「や、結構マジもんの書類寄越《よこ》された気がすんだけど……」

あれどうでも良い雑用だったたん？　割と本腰《ほんごし》入れた内容だと思ってたんだけど。絶対に重要なキャラだと思ってた脇役《わきやく》が結局最後までかませ犬だったくらいの肩透《かたす》かし感がある。

「……何でそんなやる気に満ちた目してるわけ？」

「対価が待ってるからな」

「颯斗《はやと》の弁当？　飽《あ》きない？」

「違《ちげ》ぇし。てか、くっそ贅沢《ぜいたく》なこと言ってんな……」

あれ飽きる日が来んの？　少なくとも肉まんの二百倍は美味《うめ》ぇと思うんだけど。毎日駅弁以上のもの食ってるって考えると贅沢だよな……や、待て、前言撤回《てっかい》。あれは労働の対価だから。当然の権利。てかそもそもあれ結城先輩が作ってるわけじゃねぇだろ。

ここに来た目的は文化祭実行委員会の体制を整えるための前準備だ。俺と石黒先輩の役目は橋渡し。必要な情報として、今の文化祭実行委員会の状況《じょうきょう》は石黒先輩が把握《はあく》し共有してくれる。じゃあ俺は何をすれば良いのかと質問すると、『お前にできることをやれば良い』なんて渋《しぶ》めの声で言われた。そういうのが一番困るんですけど？

事前にスマホにもらったデータには目を通した。実行委員会が全体的に片付けなければならない残タスク。何に工数を取られるのか。どの仕事の機密性が高いのか。それらの情報をもとに自分の役割を果たすべくまずは状況把握に努めようと生徒会室漁《あさ》りに赴《おもむ》いたものの、どうやら今日は間が悪そうだ。

「俺、帰るわ」

「は？」

「いや、ほら。実行委員会につられて生徒会の方も止まっちゃってるみたいだし、やっぱ俺要《い》らなかったかなって」

「……勝手にすれば。元々アンタは部外者だし」

「おお。んじゃ」

冷静になって改めて自分の立場を考えてみた。生徒会の手伝いをしてたのは姉貴のパシリのようなもの。でも今は違う、結城先輩とのこれは取引の結果——契約《けいやく》だ。姉貴は関係ない。なんかバレたら結城先輩が姉貴に殴《なぐ》られる的なこと言ってたし、あえて事情を話す必要も無いわな。

帰りがけ、ついでに実行委員会の様子はどんなもんかとその教室の前を通る。立ち止まってちょっと遠目で中を覗《のぞ》いてみるも、廊下《ろうか》の窓際《まどぎわ》に座《すわ》ってるであろう夏川の姿は見られない。まあ、今は大人しく仕事してるってだけでも——

『あー、だっる』

『何かもうやってらんないよね～』

「⁉」

いきなり教室の扉《とびら》が開いて驚《おどろ》く。まさかこのタイミングで中から人が出てくると思わないじゃん……？

「……は？」

心臓をバクバクさせつつ教室から出て来る女子生徒らを見てると、その後ろに同じクラスの見知った顔を見つけて思わず固まってしまった。よく見ると、前に夏川の手伝いをしたときに教室から出て来た組み合わせだった。

顔を背《そむ》けることも忘れてその〝女子生徒二人と佐々木《ささき》〟を見てると案の定、佐々木が俺に気付いて表情を一変させた。

「佐城、何でお前……」

「……や、ちょっとした用事の帰りだよ」

「なーに？　タカのクラスメート？」

「あれ？　君、前も来なかったっけ？」

「あれは……生徒会にパシられてた時っすね」

この前、実行委員長の長谷《はせ》川《がわ》先輩のところに書類データを回収しに行ったときだ。イケメン揃《ぞろ》いの生徒会からいきなり小者が手先としてやって来たものだから、そりゃあインパクトは強かっただろう。どうやら佐々木はこの二人の先輩から気安く〝タカ〟って呼ばれているらしい。

「休憩《きゅうけい》っすか？　大変そうですもんね」

「休憩っすか、バックレ？」

「そうそ。あんな理不尽《りふじん》に働かされてやってられっかっつの」

「へぇ……そうなんっすね？」

　佐々木を見ながら答える。俺の言わんとすることが解るのか、佐々木は苦々しい顔になって負い目のある顔で俺を鋭《するど》く見返した。結城先輩や生徒会の面々で見慣れたからか、佐々木の普通にイケメンな面《つら》を見てもあまりイケメンには見えなかった。佐々木でこれなんだから、後で鏡で自分の顔見たら絶望しそうだな……。

「てかウチらサッカー部だし？　マネージャーの仕事もあんのに何でこんなとこ入ったんだか。泰斗《たいと》とも会える時間減ったし。あ、泰斗は部活のキャプテンね」

「彼氏自慢《かれしじまん》やめてよー。はぁ……もっと楽しいとこだと思ったんだけどねー」

「はは」

「……」

　夏川はこの二人の事を「別に悪い人達《たち》じゃないんだ」って言っていた。最初は色んなことフォローしてくれてたって。まぁそれなら事情は理解できるし、バックレて良い理由にならないからと言って強い言葉で責めようとは思わない。

　でも。

「――ああでも、来週の初めくらいからちょっと変わると思うんで、それやめてくれます？」

「は？」

「え？」

「生徒会が動きまして。色々とまともになると思うんすよ。それなら文句ないっすよね？」

「お、おい佐城……」

　諫《いさ》めるように言ったつもりだけど、佐々木にとっては穏《おだ》やかに見えなかったらしい。金魚のフンみたいに後ろに控《ひか》えていたかと思えば、ポカンとなってる二人を庇《かば》うように前に出て来て俺の肩《かた》を掴《つか》んできた。

「何のつもりだよ。お前は実行委員じゃないし、しかも俺の先輩たちに向かってなんて口を――」

「テメーが何のつもりだよ」

「なっ……」

　仕事のできないリーダー。終わりの見えないタスク。それに嫌気《いやけ》が差すのはごもっとも。

だからってサボって良い理由にはならないものの、夏川の言葉と照らし合わせると話せばわかる部類だと思う。俺から言えることなんてさっき言った事くらいだ。

　でも、佐々木《こいつ》は違う。

「佐々木、お前は実行委員だろ？　俺にどうこう言えんの？」

「で、でも！　佐城は部外者だろっ。余計なことするなよっ！」

「余計なこと？」

　文化祭実行委員会のやり方に俺が横から口を出したとして、何か佐々木が困ることでもあるだろうか。それがたまたま上手《うま》く行って、実行委員会が良い感じになったら不都合になるとでも？

「なぁ佐々木。余計なことって例えば、〝夏川のフォロー〟とか？」

「！」

「大変そうだもんな夏川。何か押《お》し付けられてるみたいだし。有り得な過ぎてこの前つい手伝っちまったわ。お前が居ない時に」

「お、おまえ……」

　上下関係がある以上、佐々木が先輩に逆らうのが難しいのは解る。でも、佐々木が夏川に抱《いだ》いた感情がそれを上回らないって言うなら話は別だ。その程度で、夏川を手に入れようとしてる魂胆《こんたん》が気に食わない。応援《おうえん》なんてものは今後一切《いっさい》するつもりは無いし、俺にとっては落第中の落第でしかない。

「佐々木……お前、何で実行委員になったんだっけ？」

「……ッ……！」

文化祭実行委員に立候補したこいつが俺に含《ふく》みのある目を向けて来たのは今でも憶《おぼ》えている。あの時の必死さは一体どこに行った。下心を持ってやってんなら、それなりの依怙《えこ》贔屓《ひいき》ってもんがあんじゃねぇのか。誰《だれ》にも指一本触《ふ》れさせないくらいの気概《きがい》で夏川に纏《まと》わり付こうと思わねぇもんかね。いや——それは俺が異常なだけか。

「んじゃな、俺用事あるから」

「……」

そっと佐々木の手を外して、置いて行く。先に立っていた先輩たちは気まずそうに俺と目が合わないようにしていた。追い打ちをかけるような真似《まね》をするつもりはない。

「……ふっ」

いやぁ、はっはっは。性格悪い悪い。イケメンを苛《いじ》めんのは楽しくて仕方ないね。日頃《ひごろ》の妬《ねた》み嫉《そね》みが解消されて——やっぱ妬んでて嫉んでたんだな俺……おやおや？　急に負けたかのような感覚が。

ええい忘れろ。俺にはもっとやることがあるんだから。イケメンとかフツメンとかどうでも良いんだよ。どんな綺麗《きれい》な顔だって姉貴の拳《こぶし》を前にしたらどっちも変わらないんだから。誰も彼《かれ》もが「前が見えねぇ」と嘆《なげ》くに決まってる。

「——頑張《がんば》れよ。サ、ッ、カ、ー」

「……」

ほら、さっさと戻《もど》れ。

2章 現れた道化師

どうしたら良いんだろう。

そんな思いが頭を埋《う》め尽《つ》くす。別に何かに思《おも》い悩《なや》んでいるわけじゃない。ただ、渉《わたる》との間にできた蟠《わだかま》りのようなものがずっと胸の内でモヤモヤしているだけだ。

『俺たちはそういうの、もう終わってるから』

あの時——あの時から何かがおかしくなった。気を緩《ゆる》めると直ぐにその言葉が渉の声になって反芻《はんすう》される。その意味はしっかりと理解できているはずなのに、どうして簡単に流すことができないのだろう。

渉にも気まずさはあるんだと思う。それでも、あの時から動揺《どうよう》し続けているのは間違《まちが》いなく自分の方だった。渉のあの時の顔と、気まずさに抗《あらが》おうとする苦笑い混じりの顔は全く同じで……それを前にすると、体の芯《しん》まで冷たくなっていくような感覚に凍《こご》えてしまい、頭が真っ白になる。

よりにもよって席替《せきが》えで渉と前後の席になった。あの一件もあってか、まだまともに話すことすら出来ていない。だけど、渉が席を離れてどこかへ行く度《たび》に、戻ってきた時に、どうしても顔を合わせることになる。そしてまた向けられるのだ、申し訳なさそうに作られたぎこちない笑顔《えがお》を。

そんな顔をさせているのは間違いなく私の方だ。

ただ仲良くしたいだけなのに。他でもない自分自身がそれを邪魔してしまう。もう元に戻れないのだろうか。愛莉《あいり》を自慢《じまん》して、可愛《かわい》いって言ってもらって、渉のお姉さん自慢に見せかけた自虐《じぎゃく》ネタはもう聞けないのだろうか。そうやって笑い合えなくなってしまう事に言いようもない不安が沸《わ》き上がってくる。

三日前、早足の渉を引き留めた時に加減を忘れ、挙げ句に買い物を理由に逃《に》げ出してしまった原因は正にそれだった。どうしてかそうしないわけにはいかなかった。恥《は》ずかしさで熱くなる顔を隠《かく》さずにはいられなかった。とにかく、情けなさでいっぱいだったから。

そして、そんなモヤモヤは私の日常に〝不調〟となって現れた。

「――あっ……」

また書き間違えてしまった。修正テープの上に修正テープを重ねて書き直す。同じような事故をたった一枚の書類で三回も起こしてしまった。集中力を欠いていると言わざるを得ない。

週三回。それも放課後だけ拘束《こうそく》されるはずの約束は既《すで》に何の意味もなくなっていた。昼休みと放課後という気を落ち着ける時間に、どうして自分はこんなにもあくせくと働いているのか。佐々木《ささき》くんと先輩じゃないけど、そう思わずにはいられなかった。

「……あの、ここなんですけど」

「あ、うん。ここはね――」

三年の先輩たちはどんな疑問でもとても丁寧《ていねい》に教えてくれる。だけど、こうして向き合う姿勢と声色《こわいろ》は申し訳なさをはらんでいて、何だかとても痛々しく見えてしまう。

――どうなってるの……？

優しい先輩たちだ。下級生に仕事を強《し》いるような人たちのようには思えない。それなのに、文化祭実行委員会の様子がおかしい事は誰が見ても明らかだった。何か、自分の知らないところで不都合な出来事が起こってるように思えてならない。それを知ろうとするにも一年生という立場はあまりにも弱く、ただ自分の役割を黙々《もくもく》とこなす事しか出来なかった。

そんな中で起きてしまった不満の限界。特にそれは、上級生としての裁量も狭《せま》く、一年生の世話もしながら仕事をこなさなければならない二年生に色濃《いろこ》く現れた。ほの暗い、二年生と三年生の突《つ》き合うような対立。

『――♪～』

「！」

お世辞にも控えていると思えない通知音。井上先輩《いのうえせんぱい》は待ってましたと言わんばかりにスマートフォンを取り出して、長めの爪《つめ》を画面に当ててタタタと鳴らしながら操作する。

「中薗《なかぞの》くん、なんて？」

「『来い』ってさ」

やっぱり。私だけじゃなくて、周りのみんなも同じことを考えていると思った。サッカー部マネージャーの井上先輩と緒川《おがわ》先輩は、実行委員会の活動が上手く立ち行かなくなってからこうして途中《とちゅう》で抜け出すようになった。この二人が平気な顔で抜け出せるのは、サッカー部そのものがこの実行委員会に不信感を抱いているから。どうやらここの実態がサッカー部に伝わり、抗議《こうぎ》の声が届いているようだった。

実行委員会の瓦解《がかい》を牽引《けんいん》する二人は、もはや終わらない仕事に嫌気が差すなんて領域には居なかった。この実行委員会に思い入れなんて無いようで、むしろ自分たちが迷惑を掛けられているとすら思っているようだった。

それに引っ張られるように、他の先輩たちの〝嫌気〟も膨《ふく》らんで行く。一年生の私たちは、そのピリピリとした空気を肌《はだ》で感じながら、怯《おび》えるように作業をする事しか出来なかった。

「タカも」

「は、はい」

サッカー部キャプテンの彼女《かのじょ》という立場である井上先輩。そんな先輩がサッカー部の中でどのくらいの発言力を持っているのかは判《わか》らないけど、少なくとも佐々木くんは逆らう事ができないようだった。このあとの展開はわかっている。書類にペン先を擦《こす》る作業を進めながら小さく溜《た》め息《いき》を吐《つ》いた。

それでも先輩たちを完全に悪と思えないのは、この委員会が始まった直後の親切さを目《ま》の当たりにしているから。最初からサボるんじゃなくて、一応、毎回ここにちゃんと来るのもその理由の一つ。良心の片鱗《へんりん》が見える。この委員会がまともに機能さえしてくれていれば、きっと今頃《いまごろ》は——。

「あ、そだ。夏川《なつかわ》さんも来なよ」

「えっ……！」

突然《とつぜん》の誘《さそ》い。まさか声をかけられると思っておらず、つい素《す》っ頓狂《とんきょう》な声を上げてしまった。たくさんの視線が一斉《いっせい》にこちらに向いて思わず縮こまってしまう。

「確かに。夏川さん超可愛いし、男子の連中喜ぶんじゃない？」

「部活入ってないって言ってたし。見学がてらどう？　てか入っちゃう？」

「やめなよー、男子みんな取られちゃうよ」

「や、ウチ泰斗《たいと》居るし」

「え、えっと……！」

盛り上がる井上先輩と緒川先輩。突然そんな事を言われても困る。知らない男の子たちに見られて喜ばれると聞いて寧《むし》ろ怖《こわ》くなってしまった。どうしていいか分からず、佐々木くんに目を向けると、気まずそうにしながらも何かを期待するようにこっちを見ていた。

「その……夏川、どうだ？」

どうだ？　じゃないんだけど……。

佐々木くんは今これがどんな状況なのか理解しているのだろうか。そもそも委員会を途中で投げ出さないで欲《ほ》しい。ゴールの見えない作業をさせられて嫌気が差してしまう理由はとてもよく解《わか》る。だとしても、やっていられないと投げ出す事が正しいとは到底《とうてい》思えない。そんな事をしたら、胸を張って愛莉のお姉ちゃんなんて出来なくなるから。

「そ、そのっ……ごめんなさい」

「ん？　何で？」

「えっと……」

言葉に詰まる。だけど、ちゃんと断らないと怖い目に遭《あ》ううえ、大切な妹に顔向けできなくなってしまう。愛莉が誇《ほこ》れるような姉でなくなる事は何よりも怖い事だ。

そうやって気が急《せ》くあまり、私は言葉を選ぶことができなかった。

「——下級生が、仕事を放《ほう》り出すわけには行かないので……」

とても、冷たく聞こえたと思う。

少なくとも井上先輩や緒川先輩、そして佐々木くんに言うべき言葉ではなかった。他でもない、日頃から仕事を投げ出して教室から抜け出す三人にはただひたすら嫌味《いやみ》に聞こえたに違いない。それに気付いたのは、先輩たちが据《す》わった目で私を見返して来た後だった。

「……」

「あ、あの……なつか——」

「へぇー、まるでウチらが一年に仕事押し付けて投げ出してるみたいな言い方だね。まぁ結果的に間違ってないんだけどさ。気を利《き》かせて誘ったウチが悪かったわ」

「ね。ウチらと違うもんね。やっぱ部活もしないで勉強ばっかしてる真面目《まじめ》ちゃん達は違うわ。マジ萎《な》えるってゆーか？　優しく世話したこっちが馬鹿《ばか》みたいだわ」

あっ……。

と思った時には既に遅《おそ》すぎた。直ぐに訂正《ていせい》したとしても、買った不興《ふきょう》を返品することはできない。たぶん、白々しく聞こえるだけだろう。何故《なぜ》なら自分は誰もが頷《うなず》くくらい正しい事を言っただけだからだ。

正論は正しい。でも、それを突き付ける事がいつも正しいとは限らない。自分は今、先輩たちの中に残っていた実行委員会へのなけなしの良心を吹《ふ》き飛ばし、ただでさえ重苦しいこの空間を〝面倒《めんどう》で嫌味な空間〟に変えてしまったんだ。

もっと慎重《しんちょう》に言葉を選んでいたら、きっとこうはならなかった。

「そんなに仕事したいなら、これもやれば」

「……ぁ……」

失敗して放心する私の前に、緒川先輩が書類やファイルを山積みにする。自分の分だけじゃなくて、井上先輩と佐々木くんの分も纏めて。書類の順番なんて関係無いと言わんばかりに。

「――アホみたいな連中」

そんな井上先輩の捨て台詞《ぜりふ》を聞いて、自分は嫌《きら》われたのだとはっきり解《わか》った。

「――その……夏川さん、だよね。ゴメンね？」

「あ、いえ……」

失言したさっきの自分を咎《とが》めていると、井上先輩と同じ二年生の人が申し訳なさそうに書類が纏められたファイルを取っていった。その顔には反省しているかのような、申し訳なさそうな表情が浮《う》かんでいた。さっきまで井上先輩と同じように、不満を溜め込んでいたと思っていたけれど……。

「その、さすがに……ね」

私の考えを読み取ったのか、先輩は目を逸《そ》らしながら小さな声でポツリとこぼした。別に私に聞こえなくても構わなかったのだろう、積み上げられたものの大半を抱《かか》えると、先輩は自分の席に戻って行った。竹内《たけうち》先輩──席が遠いから接点は無かったけれど、胸に付いているネームプレートを見て確かに名前は憶えた。

あまり芳《かんば》しくない状況……まるで少し前までのうちの家庭みたいな──。

悪い意味でそんな懐かしさを覚えていると、すぐ後ろでもう開くことは無いと思っていた扉がスルスルと音を立てて開いた。

「……え……？　佐々木、くん？」

「う、うん……」

この上なく気まずそうな顔で現れたのは佐々木くんだった。てっきり井上先輩たちと一《いっ》緒《しょ》に部活に行ったのだと思っていた。佐々木くんは元々置いていた位置に荷物を下ろすと、私の前に積まれた書類ファイルを見てから周りを見回し、さっきの竹内先輩のところに行って頭を下げて自分の分をもらってきた。

「えっと……部活は？」

「…………やめた」

「えッ……⁉　辞めた⁉」

「ち、ちがうっ……そういう意味じゃなくて——」

「あ……うん」

やめた。それは退部したという意味ではなく、井上先輩たちに従って実行委員会を抜け出し、部活に行くのをやめた、という意味であるとのこと。それを申し訳なさそうに説明された。井上先輩たちは戻って来ないんだとガッカリしつつも、やっぱり佐々木くんは佐々木くんだったと少し安心した。

「なぁ、夏川」

「うん……？」

「佐城《さじょう》のこと——どう思ってる？」

「へっ……⁉」

それは突然の出来事。作業のため手は進めるものの、あまりの意気消沈《いきしょうちん》ぶりにたぶん今日はもうあまり会話しないんだろうなと思っていた。そこに放り込まれた突然の爆弾《ばくだん》。ちょっと大きな声を出してしまい、周囲から向けられた視線に頭を下げて返す。

ちょ、ちょっと待って……何で佐々木くんがそんな事を？

「えと……え？」

「……ごめん……何でもない。忘れてくれ」

「えっ……」

そのまま一度も視線を寄越さないまま、佐々木くんは書類の方に向けた顔をさらに落として作業に集中し始めた。よく分からないけどすっごく落ち込んでるように見える。今日はそっとしておいた方が良さそうだ。あまり話しかけないようにしよう。

「——さっき、そこに佐城が居たよ」

「えっ……!?」

今度はさらに素っ頓狂な声を上げてしまった。さらに周りの視線が集まる。もう頭を下げるとかじゃない、縮こまるしかない。突然なんてことを言ってくるんだと佐々木くんに細めた目を向けようとしたけれど、私と渉の間にある気まずさを佐々木くんが知るわけがないと思いやめた。

いや、でも、何で……え？

どういう事かと目を向けても佐々木くんは書類に目を落としたままで、言葉を続ける事は無かった。まるでこれ以上話すつもりは無いと拒絶《きょぜつ》されているみたいだ。頭《こうべ》を垂れた姿勢からそんな強い思いが伝わって来た。

「……っ……」

何故だろう、今になって腹立たしくなって来た。井上先輩たちが私に仕事を押し付けてここから抜け出しても、諦《あきら》めのような空《むな》しさしか湧いて来なかったのに……どうしてか、今に限っては腑《ふ》に落ちない何かが私に強い違和感《いわかん》を抱かせた。

「渉に……あいつに何か言われたの？」

「えっ……？　や、言われたってのは間違いじゃないけど……え？　夏川、さん……？」

「……」

あれ程《ほど》もう話すまいとしていた佐々木くんが驚いた顔で私の方を見上げた。態度や表情こそ保てていると思うけれど、私自身、妙《みょう》に低い声が出たことに驚いている。我《わ》が儘《まま》を承知でお返しと言わんばかりに黙ってみる。

――何で佐々木くんなの……。

気まずい事情があるにしても、すぐ教室の前まで来て佐々木くんとは話しておいて、私には何も無しという事に納得《なっとく》が行かない。それなら、ちょっと顔だけでも見せて声かけるくらいしてくれてもいいじゃない……前は横で手伝ってくれたのに……。

「な、夏川……？」

「ハッ……」

顔色を窺《うかが》うような声に我に返る。どうやら手も動かさないまま顔を顰《しか》めていたらしい。しかも佐々木くんの方を見たまま。佐々木くんからすれば睨《にら》まれているように感じたに違いない。謝《あやま》ろうとしたけれど、それもおかしな話かと目だけ逸《そ》らすしかなかった。

ふと自分に問いかける。そもそも私自身、そんなに気を悪くするほどの事だろうか？　渉とこの実行委員会は本来無関係……渉が偶然《ぐうぜん》この教室の前を通るなんて何もおかしい話じゃない。手伝ってくれなかったからと不満に思うなんて烏滸《おこ》がましい話だ。というよりそこじゃない。そこには何も思うものは無い。

ただやっぱり、それならそれでそのまま佐々木くんとも話さずに通り過ぎれば良かったのだ。だけどあいつは佐々木くんとだけ仲良く話して——

「んんっ………！」

妙に沸き上がってくる腹立たしさに思わず声が出た。やっぱりそこまで来たのなら一言くらい声をかけてくれても良かったんじゃないかと思う。何せ私は中学からの知り合い。高校からの付き合いの佐々木くんより長い。そう、長いはず。

頭を振《ふ》っ……たら目立つので、両手で頬《ほお》をほぐして自分を落ち着かせる。こんな状況で溜まった鬱憤《うっぷん》を晴らすには、一心不乱にペンを持つ手を動かすしか方法は無かった。

◇

「先週末の終わりがけに周知しましたが、今日は作業を一時中断し、ミーティングの時間とします」

私たちのクラスでもようやく文化祭の準備が始まった月曜日。今日の文化祭実行委員会の様相はいつもと違っていた。

委員長の長谷川《はせがわ》先輩《せんぱい》がみんなの前で取り仕切る。無理が見えていた活動だったし、いずれこんな形で話し合う日が来るとは思っていたけれど、教室内のいつもと違う光景を見て、どうも悪い意味でのミーティングではないように感じた。

左を見れば井上先輩と緒川先輩が座っている。私が失言したばかりにもう来てくれなくなるんじゃないかと思っていたけれど、どうやらそれは杞憂《きゆう》だったらしい。やっぱり根は良い人だったのだと少し安心した。

——なんて、冷静に考えていられるのはほんの最初だけだった。

「そして、今後の文化祭実行委員会の体制について生徒会からお話があります。どうぞ」

「生徒会執行部《しっこうぶ》臨時補佐《ほさ》、二年の石黒《いしぐろ》です。宜《よろ》しくお願いいたします」

長谷川先輩の横に立つ二人の男子生徒。ネクタイの色は二年生と一年生。先輩の方は石黒という名前らしい。濃《こ》ゆい名前だなぁと思うものの、そんな事はどうでも良かった。それより凝視《ぎょうし》せざるを得ないのは、その隣《となり》に立つ私と同学年の男の子。

「同じく生徒会執行部臨時補佐——の補佐。一年の佐城です。宜しくお願いします」

ぺこりと頭を下げたのは見慣れた男の子。何ならついさっきまで授業中にずっと後頭部を眺《なが》めていた。日が当たる度に妙に明るい茶色に変化するのをずっと見ていたのだ。

そんな男の子——渉の登場に、私は思わず佐々木くんと顔を見合わせる。

「お前も補佐だろう……何だ、〝補佐の補佐〟って」

「同格とは畏《おそ》れ多《おお》い。小生、責任ある立場になるとポンポンが痛くなる性質《たち》なもので」

「……楽はさせんからな」

「……うっす」

知性的なのかそうじゃないのかよく分からない会話をしている。そんな自然体？　な姿を見るのが久《ひさ》し振《ぶ》りに思えた。自分の身内が同じ空間に増えた事はただ嬉《うれ》しく感じる。ただ、訊《き》きたい事が少しばかり多すぎる。

「——さて。教室内に準備されているものを見てお分かりだと思うが、ここからの作業は全《すべ》てこれらのノートPCを使っていただきます。よって本日のミーティング内容は、体制変更《へんこう》をするまでに至った経緯《いきさつ》と、現時点での実行委員会の状況、それから今後の体制についてのお話になります」

人の話を聞くのは得意だ。長谷川先輩の言った内容を頭に入れながら、先輩の二つ隣であからさまに私と目を合わさないようにしてるあいつを見て目を細める。

——事前に一言くらいあっても……。

そんな文句を、胸に強く抱きながら——。

◇

「——以上が、外部協力者……ひいては花輪《はなわ》先輩のご実家も関《かか》わる企業《きぎょう》に協力を結び付けた理由となります。クラスごとの準備も始まる手前、この他《ほか》に実行委員会の活動を間に合わせる手段は無いでしょう。寧ろ時間に余白ができる見込《みこ》みです。文化祭に付加価値を付けるのには最適と言えるでしょう」

どうして？　何故？

理由より先にそんな問いばかりが浮かんだ。確かに渉は生徒会にお姉さんが居るけれど……だけど、だからってここまで手を貸すもの？

――なんて疑問も、話の内容の強烈《きょうれつ》さに掻《か》き消された。

話の内容を聞いて驚いた。てっきりこの文化祭の準備が遅《おく》れたのは全て実行委員会の不《ふ》手際《てぎわ》によるものだと思っていた。しかしフタを開けてみればその原因にはいくつもの要素が絡《から》んでいたということ。特に、去年の生徒会と今の生徒会の間の軋轢《あつれき》のような話は初耳だった。

『今回、最も厄介《やっかい》だったのは長谷川実行委員長の裁量ではどうにもならないという点でした。過去のトラブルにしても、尾根田《おねだ》教諭《きょうゆ》が指示した作業の進め方にしても、それは委員長という立場だけでは到底是正《とうていぜせい》する事はできないものだったというのが、生徒会が下した判断です』

淡々《たんたん》と語った石黒先輩。ぴっちりと決まってる七三のビジネスヘアのような髪型《かみがた》と濃い顔立ちからは生徒の枠を飛び越《こ》えて仕事のデキる社会人のような印象を受ける。とても頼《たよ》りになりそうな先輩だけど、どんな人なんだろう……渉にあんな先輩が居るなんて知らなかった。またお姉さん繋《つな》がりなのかな……。

「……」

渉は石黒先輩の傍《かたわ》らでじっと黙《だま》って立っていた。先輩の説明に口を挟《はさ》むような事は一切なく、どうしてそこに居るのかとずっと疑問に思っている。私と同じ一年生にいったい何ができるのか……自分の二《に》の舞《まい》になってしまう姿を想像してしまい、少し不安になった。

◇

「――んで、必要なファイルはそこのフォルダの中に入ってるから。コピーして同じところに貼《は》り付けて、サンプル通りの名前に変えて。あとは外から集めた書類を眺めながら、必要な情報を打ち込《こ》んでいくだけだから」

「えっと……ごめん。ちょっと訊きたいんだけど――」

「ああ、それは――」

「……」

教室内の一年生を集めて説明する渉。先輩たちと仕事の内容が違《ちが》うのか、それは比較的《ひかくてき》簡単なものだった。それでも、これら全てを手作業で取り組むって考えると、かかる時間は全く変わってしまうのだと思った。

堂々と――というより、いつもと何ら変わらない調子で振る舞《ま》う渉を見ているうちに、自分の口が半開きになっている事に気付いた。いつからそうなっていたのか分からず、慌《あわ》てて口元を覆《おお》い隠してしまう。

　別のクラスの子と話す渉。誰かにものを教える渉。慣れた手付きでノートパソコンを片手に持つ渉。マウスを使わず、キーボードの下にあるタッチパネルの部分を指先で触れてカーソルを動かしている。説明している姿より、何故かそんな指の動きの方に目が行ってしまう。

　どれも、私が知らない渉だった。

「あー……そっちはどう？　佐々木と夏川は大丈夫《だいじょうぶ》？」

「あ、ああ……」

「……」

「そうか」

　名前を呼ばれ、慌ててその指先から目線を離《はな》す。顔を上げると、渉とバッチリ目が合った。ずっと指の動きを見ていた事に何故かすごく後ろめたさを感じ、思わず目を逸らしてしまう。あまりに素っ気ない態度を取ってしまう自分が嫌《いや》で、何とか佐々木くんの返事に便乗するように頷く事しかできなかった。

　ただそれだけだと何だか納得がいかなくて、気になっている事がそのまま口を衝《つ》いて出てしまった。

「そのっ……わ、渉は何するの……？」

「……説明してて気付いた奴《やつ》も居るかもだけど、一年生は石黒先輩の言う〝外部協力者〟と直接やり取りするような事がないんだわ。必要な資料とデータはもう渡《わた》してあるから、やる事と言ったら進捗《しんちょく》状況《じょうきょう》の情報共有と……あとは生徒会に仕上げたものを上げる作業かな。俺《おれ》はまぁその……橋渡《はしわた》し的な？」

「そ、そうなんだ……」

至極《しごく》真っ当な返し。自分で質問したくせにろくな返事ができなくて無性《むしょう》に悔《くや》しくなった。どうして自分がこんなに緊張《きんちょう》した状態にあるのか分からない。ただ気まずいだけなら、仕事を仕事と割り切って接する事だってできるはず。

「んじゃ、残りの時間でさっそくやろうか。あ、マウスはそこの箱の中に入ってっから適当に取って」

「ぁ……」

そんな渉の言葉を皮切りに、みんなは各々《おのおの》席に着いて自分に割り当てられたノートパソコンを触《さわ》り始めた。それぞれの顔にいつもとは違った喜色の笑《え》みが浮かんでいる。ゴールの見えないマラソンのような作業を延々と続けていた今までと違って、終わりが見えていて何をすべきかはっきりしているからだ。他でもない、私自身がそう感じている。

もう安心だ……そう喜ぶ反面、胸の内に消化しきれていない不満があるのがわかった。欲張りなのはわかってる。それでも、ここで「はい解散」とするには体の我慢《がまん》が利《き》かなかった。

「わ、渉っ——きゃっ」

「……えっと、うん……どした？」

「あっ、え、えっと……！」

駆《か》け寄る私に、渉が思ったより早く気付いて振り向いた。慌てて止まろうとしたものの、腕《うで》をつかもうとした手は通り抜《ぬ》け、渉に横から飛び付く形になってしまった。ずっと前から覚えのある渉の匂《にお》いを直に感じ、頭の中で鳴り響《ひび》くアラームを聞いて慌てて離れる。

（あぁっ——！）

やってしまった恥ずかしさに、頭の中でお淑《しと》やかさを忘れた〝私〟が声にならない叫《さけ》びを上げた。顔が熱くなる。恐《おそ》る恐る見上げると、渉は返事をしつつも顔を横に向け、手で目元を隠そうとしていた。それがあまりにも分かりやすすぎて、余計に顔に熱さが増してしまう。

誤魔化《ごまか》すように、平静を装って言葉を紡《つむ》ぎ出す。

「その——大丈夫、なのよね……？」

「大丈夫って……あぁ」

何が大丈夫なのか……自分で訊いといて、その言葉に含まれる意味が何なのか自分でもよく分からなかった。少なくとも、この実行委員会の活動のことだけを指して訊いたわけではない。

言葉足らずで曖昧《あいまい》な問いかけだったにも拘《かか》わらず、渉は少し斜《なな》め上を見上げて考えを巡《めぐ》らすと、私と目を合わせて答えた。

「大丈夫なんじゃね？　断言はできんけど」

「もうっ……何よそれ」

渉はへらっと笑うと、特に問題無さげな様子で私とは逆の前の席に向かった。本当はまだ訊きたい事がたくさんある。それでも、今はその言葉が聞けただけでも安心する事ができた。

「ふぅ……」

人の心配をしている場合じゃなかったのかもしれない。思えば渉は最初に登場したときからいつもの渉だった。不安な素振《そぶ》りは一切見ていない。私が勝手に心配し、不安になっていただけなのかもしれない。少し落ち着かないと。

マウスをもらい、私も席に着いて画面と向き合う。佐々木くんは黙々と説明された通り

の作業に取り組んでいた。パソコンは不慣れだけど、よくインターネットで動画を検索《けんさく》したりはしているからキーボード操作は大丈夫だと思う。言われた通り、最初の画面にあるフォルダをダブルクリックして中身を確認《かくにん》した。

「……」

一つ一つの手順を思い出すたびに渉の顔が頭に浮かぶ。他でもない、私たちにやり方を説明したのは渉だからだ。集中して話を聞けていなかったはずだけれど、何故だか説明された内容の一言一句が渉の声で再生された。一回で覚えるのは得意な方だけど、それだけが理由ではないように感じる。

指定されたファイルを開いて画面に目を通す。なるほど、確かにこれなら貰《もら》った書類の内容を打ち込んで行くだけの単純作業になりそうだ。あまり頭を使う必要がない。書類と画面を交互《こうご》に見つめながら、気が付けばまだ渉から聞けていなかったことについて考えていた。

そもそも、何で渉はここを手伝っているんだろう……？

いや、実行委員会というよりは生徒会を手伝っているんだと思う。さっきも確か生徒会執行部〝臨時補佐〟と言っていたから、たぶんそうなんだろう。それじゃあ、こうして手伝っているのは生徒会に居るお姉さんのため……？

「……いいな」

思わず、小さな声でそんな言葉をこぼしてしまった。

渉がお姉さんとの思い出を話すたび、羨《うらや》ましく思えた。保健室に運ばれた渉の下《もと》へ、少し息を切らしながらやってきた渉のお姉さん……。そして、そんなお姉さんのためにこうして手伝う渉。弟の方からはちょっと変わったエピソードばかりを聞くけれど、実際にこうやって支え合う姉弟《きょうだい》を見て、何だか羨ましく思えた。

う、うおおおおおおおおおおっ………!

良い匂いだった!　良い匂いだった!

デスクトップ画面のアイコンをマウスカーソルで掴《つか》んでぐるぐる回す。音も無くこの興奮を消化する方法が他に思い当たらなかった。アルバイト経験を経て、我ながら仕事モードのオンオフはしっかり切り替《か》えられるくらいには頑丈《がんじょう》な理性を身に付けたつもりだったけど、もはやそんなものは紙装甲《かみそうこう》だった。水道管破裂《はれつ》寸前っていうか？　もう興奮ドバドバ。俺が蛇口《じゃぐち》だったらきっともう吹っ飛んでしまってる。平静を装うので精一杯《せいいっぱい》だ。

――夏川《なつかわ》からっ……だだだ抱《だ》き着かれるなんてっ……!

何がラッキースケベだよ少年漫画《まんが》ッ……!　ホントに好きな人に抱き着かれてみろ？　別にスケベでなくとも昇天《しょうてん》しそうだわ!　もう今月の運全部使い果たした!　今月末ガチャ回す予定なのにどうしてくれんだこの野郎《やろう》!　爆死《ばくし》するわッ!

「佐城《さじょう》――って、おい。何やってる」

「賢《けん》先輩」

「だから。『賢』ではないと言ってるだろう」

「さっせん、剛《ごう》先輩」

「まったく……連絡《れんらく》だ」

自分の制服からほんのりと伝わって来る夏川の残《のこ》り香《が》に気を取られないようにしながら石黒《いしぐろ》剛先輩《せんぱい》と話す。何度聞いてもゴツい名前だ。この名前あっての今の見た目になってそう。昼ドラに居そうな濃ゆい顔立ちを見てたら何とか冷静さが戻《もど》って来た。

「チャットで蓮二《れんじ》さんから連絡が来た。予定通り、あの人があちらのチームを率いてくれるそうだ。俺たちの方から直接やり取りすることもあるのだろうが、こちらの都合や具合を伝える分には蓮二さんを通した方が都合が良いだろう。一応この後、オンラインでの会議を設ける。参加できそうか？」

花輪《はなわ》先輩の動きもあって、計画は順調な滑《すべ》り出《だ》しみたいだ。このまま事が上手《うま》く進めば、面倒な作業の大部分を外部協力者に肩代《かたが》わりしてもらうことになる。いわゆる〝業務委《い》託《たく》〟というやつだ。昼休みや放課後くらいにしか作業時間の取れない俺たち在校生と違って一日中、ましてやパソコンを使い慣れた人たちに作業をしてもらえるのなら時間のお釣《つ》りまで来そうだ。剛先輩が言うところの〝付加価値〟を付ける余裕《よゆう》もできるわけだな。

「ん、イヤホンも持ってきたんで出来ると思います。場所はここで？」

「いや、さすがに作業してるここで通話はやめておこう。隣の空き教室を使う。ここのWi-Fiも届くだろう」

「分かりました。じゃ、職員室に鍵《かぎ》取りに行って来ますね」

「ああ、そうだったな。悪いが――む？」

「うげっ……⁉」

パソコンの画面をロックして立ち上がろうとすると、すぐ後ろの教室のドアが突如《とつじょ》強く開かれた。驚《おどろ》いて振り返ると、そこには今からカチコミに行くんじゃねぇかってくらい不《ふ》機嫌《きげん》な顔の生徒会副会長様が立っていた。

いや、え？　話が違うんだけど結城《ゆうき》先輩。実行委員長の長谷川《はせがわ》先輩と反《そ》りが合わないだろうから姉貴はこっちに来ないようにするって打ち合わせたはずなんだけど。マジで？　もう来ちゃったの？　俺が関わってるのもうバレちゃったわけ？

「――やっぱり、ね……そういうこと……」

「おい、何でここに――」

「黙れ、石頭」

「ぐっ……」

「ちょっ、おい――」

突然現れた姉貴に立ち向かう剛先輩。強気に出たみたいだったけど、学年差が仇《あだ》となったのか秒で黙らされていた。姉貴はつかつかと俺に歩み寄ると、腕を掴んで教室の外に引っ張り出そうとする。せめて説明くらいしろよと思って少し踏《ふ》ん張《ば》ってみると、「あぁ？」なんて言葉とともに気に入らなそうな目がこっちに向いた。

「姉貴」

「……確かにアンタを生徒会に関わらせたのはアタシだし、生徒会の仕事を早めに慣れさせて引き入れようとしたのも確か」

「〝確か〟じゃないんだけど」

初耳なんですが？　え、そんなこと考えてたの？　時たま仕事手伝わされてたのってマジで忙《いそが》しくて猫《ねこ》の手も借りたかったからじゃなかったの？　嘘《うそ》じゃん。生徒会副会長なんだから報・連・相くらい守ってくれよ。危《あや》うく生徒会に入りそうだったんだけど。

「でもアイツらがまだ関わって来るってんなら話は別。むざむざ自分の弟をくだらない話に関わらせるくらいなら遠ざけた方がマシ。アンタはもう関わるな」

「姉貴」

呼びかけど、聞く耳を持ってくれそうにはない。姉貴はそれだけでは止まらなかった。

言葉の端々《はしばし》から姉貴が大マジなのが解《わか》る。実行委員長の長谷川先輩がどうとか、ぶっちゃけそれどころではなさそうだ。実行委員会——というより、結城先輩や剛先輩からとにかく俺を遠ざけようとしてるように思える。

俺の腕を掴んで怒気《どき》を隠《かく》そうともしない姉貴は、そのまま剛先輩を睨みつける。

「ふざけんなよ結城の小間使い。文化祭実行委員会の不手際はあくまで生徒会の責任だ……アタシが生徒会の一人だからといって弟《こいつ》に何の関係がある。アンタ達《たち》に駒《こま》として動かして良い義理も道理も無《ね》ぇんだよ……！」

「……」

〝お前は使える〟。確か、結城先輩が俺にこの話を持ち掛《か》けた際にそんな事を言っていた。事実、俺は結城先輩から駒として選ばれたんだろうな。だけど、決してこの姉の弟だからという理由ではなかったように思える。何か姉貴は勘違《かんちが》いしてるんだろう。

剛先輩は腕を組み口を噤《つぐ》んでじっと黙った。姉貴の言葉に対して特に言い返すつもりは無さそうだ。ある意味正解を引いたとも言える。これ以上刺激《しげき》しないようにするという意味では間違《まちが》いのない対応だ。

とはいえ、「面倒な事になってしまった」。そんな事を考えていそうだ。実際、この先輩が俺と関わり合ったのは結城先輩の動きによるものだし、本来、剛先輩が責められる謂《いわ》れはないはずだ。

「姉貴、ほら周り。めっちゃ見られてるから」

「アンタは黙ってろ」

「ぐッ……！」

宥《なだ》めようと肩《かた》を掴むと直ぐに振り払《はら》われた。ドア枠《わく》に肩をぶつけるも、この程度は慣れた暴力だ。傾《かたむ》く体に対して、思ったより冷静に縁《へり》を掴んで持ち堪《こた》える事ができた。寧ろ俺より石黒先輩の方が心配だった。

しっかし……思ったよりキレてんな。きっと生徒会室で詰《つ》められた結城先輩が姉貴を煽《あお》りでもしたんだろう。何気にあの人、姉貴が嫌いそうな屁理屈《へりくつ》を捏《こ》ねたりするから。黒を白と言える力を持っているだけならまだしも、実際にそれをしそうだからな。それにイケメンだからなおさら質《たち》が悪い。

「わ、わたるっ……」

「あ、や、大丈夫。サンキュ」

体勢を整えたタイミングで、夏川が慌てるように近付いて来た。ありがたいし嬉しいけど今近付いて来るのは危ない。

やっべ、と思って姉貴を見ると、姉貴は目を見開いて驚いたようにこっちを見て来た。

かと思えば、苦々しい表情を浮かべてまた苛立《いらだ》たしげに石黒先輩を睨みつける。あ、あれ……これもしかして、今この場を収められるの、弟の俺だけなのでは……？

「姉貴」

「うるさい」

「うるせぇ、来い」

「え、ちょっ、何す――！」

強引《ごういん》に姉貴の肩を抱き込んで教室の外に連れ出す。予想通り姉貴は動揺《どうよう》している。何気に初めての体験で俺も気まずいけど、そうも言っていられない。そもそも今現在のこれが生徒会の醜態《しゅうたい》なんだよなぁ……。

廊下《ろうか》に連れ出したところで姉貴を離して向き合う。後ろから難しそうな顔で剛先輩も付いて来た。そうそう、そのまま扉《とびら》閉め――は？　な、夏川さん？　何で付いて来ちゃった？いや、扉ぴしゃりじゃなくて――そんな場合じゃないかぁ……。

「……」

「あ、あー……えと、ほら、姉貴は勘違いしてんだよ」

「……は？　勘違い？」

「去年までの事とか、事情はちょいちょい聞いてる。そんなの俺だって関わりたいとか思ってないから。てか生徒会なんか入りたくねぇし。面倒」

「は？　アンタ誰《だれ》の前で言ってんの？」

「すません」

冷静に考えたら喧嘩《けんか》売ってたわ。そりゃキレるわな。それにしてもうちの生徒会副会長マジで怖《こわ》すぎない？

「結城先輩が俺を駒みたいに扱《あつか》ってんのは俺も承知の上だから。俺も納得した上で手伝ってんの」

「そんなの！　どうせ颯斗《あいっ》がアンタに余計なこと吹き込んで無理やり納得させたに決まってる」

「かもしれないけど、寧《むし》ろ俺にとっちゃありがたかったんだよ。このまま何も出来なかったら、きっと後悔《こうかい》してたから」

「後悔って………アンタまさか」

「えっ……？」

「生徒会の誰かに愛着湧《わ》いたか、アタシを引き合いに出されたんじゃないだろうね」

「は？　生徒会……？」

生徒会って……ああそうか。そもそも文化祭実行委員会の不手際の責任は最終的に生徒会になるんだったか。そうなってしまえば生徒会は〝西側〟に限らず関係各所からバッシングを受けるだろうし、姉貴個人に対する攻撃《こうげき》だって将来的に有り得たわけだ。なるほど……〝夏川〟という要素が無くても、結城先輩には俺を説《と》き伏《ふ》せるための二の矢があったわけだ……うん、気付かなかった。

「──や、違うけど？　別に生徒会とか姉貴のためじゃないし」

「あ？」

「何で機嫌《きげん》悪くなんだよ……俺の個人的な事情だよ。断って放置しても大丈夫だったかもしれないけど、俺自身が部外者になるのは何か嫌だったから」

「〝嫌だった〟ってアンタ……」

明確な理由になっていないのは俺でもわかってる。呆《あき》れた目で見られるのは承知の上だ。それで姉貴の沸騰《ふっとう》した血が収まるのなら儲《もう》けものだった。

実際、結城先輩の考える計画は既《すで》にほぼ完成されつつあった。俺に断られた後の見通しは立っていないなんて言っていたものの、実際この計画の中で俺は別にキーマンじゃないんだろう。冷静に考えて、たかが一年坊主《ぼうず》を重要なポストに据《す》えるような人間には思えない。結城先輩はきっと俺にフラれた場合のやり方も考えていただろうよ。俺一人居なかったところで上手く回すことはできたと思う。

じゃあ、キーマンでない人間がキーマンに届く働きをすれば？　そんなこと考えるまでもない。俺の役割は橋渡しという名の保険――〝補佐の補佐〟なんてあえて自己紹介《しょうかい》したのは別に間違っていないんだ。本来石黒先輩がするはずだった仕事を俺が肩代わりすることで人員に余裕ができた。見当違《けんとうちが》いでなければ、あれが無ければ剛先輩は説明に時間を取られて会議の取り付けなんてまだできてなかっただろう。そこにまずメリットがある。

剛先輩の時間が取られるくらいなら、俺みたいのが一人付いておくべきなんだ。

――そして何より、夏川を助けられる。

「とにかく！　俺は姉貴の言うアイツらに関わるつもりはないし、結城先輩にこれからも駒として良いように使われるつもりもないから。俺がやりたくてやってんだから、今回は引いてくれよ」

「……」

目線を横にずらして何やら難しい顔で考《かんが》え込む姉貴。懸念《けねん》は尽《つ》きないのか、どうもスッキリはしていないみたいだ。葛藤《かっとう》が見て取れる。頼《たの》むよぉ、これが俺の限界だよぉ……。

「…………分かった」

姉貴は目を閉じると、溜《た》め息《いき》を吐《つ》いて文字通り引き下がった。渋々《しぶしぶ》といった様子だった。そして腕を組んでじっと黙ってた剛先輩につかつかと詰《つ》め寄ると、間近から睨み上げた。

「アンタ」

「何だ」

「唆《そそのか》した以上はコイツの面倒《めんどう》みろ。何かあったら許さない」

「……元よりそのつもりだ」

穏《おだ》やかなメンチの切り合いだった。姉貴は剛先輩に先輩命令を下すと、用は済んだと言わんばかりに生徒会室の方向に身を翻《ひるがえ》した。てか剛先輩は姉貴パイセンに敬語とかないわけ？　だから冷たくされてんじゃねぇの？　〝あの女〟とか言ってたし。この二人の関係気になるんですけど。

「――あと、渉《わたる》の」

「えっ、あ、はいっ」

ちょっ、待ってください……！

夏川に向かって〝渉の〟とか言うのやめてくんないすかっ。俺のじゃないし、デリケートゾーン撫《な》で撫でしちゃってるから。所有を表す助詞使ったんならその続き略すのやめてくんない？　てか何を略したの？　姉貴にとって夏川は俺の何なの？　そりゃ夏川も返事に困るって。

「何かしてとかじゃないけど、コイツのこと宜しく頼むよ」

「は、はいっ」

必死そうに返事をする夏川。何を思ってそう答えたのか表情から察することはできない。むぐっ……嬉しいやら気まずいやら恥《は》ずかしいやら……！　身動きが取れねぇ。迂闊《うかつ》に口を挟んだら余計にダメージを負いそうだ。「宜しく頼むよ」じゃねぇんだよなぁ……母ちゃんみたいなこと言ってんじゃねぇよ。

姉貴は最後にダメ押《お》しと言わんばかりの溜め息を吐くと、強く足音を鳴らしながら去って行った。我が姉ながら嵐《あらし》。あんな上級生にはなりたくない。

「……仕事に戻るぞ。会議がある」

「でしたね」

剛先輩は特に何の感想も述べることなく、事も無げに教室に戻って行った。これはこれで理性が強すぎるな。情緒《じょうちょ》が無《ね》え。愚痴《ぐち》くらいこぼしてくれて良いのよ？　姉貴が言ってた〝石頭〟否定できなくなるじゃん。

濃すぎる上級生たちに呆気《あっけ》に取られていると、夏川が不安そうに声をかけて来た。

「……だ、大丈夫《だいじょうぶ》なの……？」

「え、おう、大丈夫大丈夫。ちょっと姉貴と意思疎通《そつう》できてなかっただけだから」

「そうなんだ……」

「そうなんだよ……」

報・連・相の重要さがよく分かった。下手を打てば殴《なぐ》られる可能性だってあるんですね……やっぱ大人って怖いわ。

「えと……」

「ん？　どうかした？」

教室に戻ろうとすると、夏川がまだ何か言いたそうに見上げてきた。無理もない、あんな化け物の迫力《はくりょく》に当てられて立っているのもやっとだろうに。さぁ、愚痴でもなんでもぶつけて来ると良い。

「……ううん、何でもない」

待ってると、自己完結したのか夏川は首をふるふると振って教室に戻って行った。どうやら弱い姿を見せるほど俺に心を許してはいなかったみたいだ。ちょっと悲しいけど仕方ない。それが俺と夏川の関係性だからな。

今は仕事に集中しよう。それで夏川を少しでも助けられるならそれで十分だ。

◆

「――調整と認識《にんしき》合わせはこのくらい、ですかね。花輪先輩《せんぱい》のチームには特にお手数おかけします」

『気にすることないよ。これは俺の責任でもあるからね』

「そういえば……結城先輩がそんなこと言ってましたね」

果たして花輪先輩が「気にすることない」なんて言える立場なのかは謎《なぞ》だけど……あまり向こうのチームでデカい顔は出来ないんじゃねぇの。そもそも花輪先輩、ただ実行委員長の長谷川先輩に惚《ほ》れられただけだし。〝惚れられた責任〟って何なの。それで関係ない大人たち動かせちゃうとか半端《はんぱ》ないんだけど。K4の一人だけあってやっぱ格が違《ちげ》ぇわ。

確か……『花輪システムソリューションズ』だっけ？　そこの社員さんを学生の別働隊として働かせるんだから申し訳ない話だよな。まぁ、学生の手伝いをして報酬《ほうしゅう》を貰えるならチョロい方か。報酬……出るんだよな？　花輪先輩のご実家の会社の話だからそこまで知らないけど。タダでやれって話なら俺だったらボイコットしてる。

『じゃあ、そっちの方は宜しく頼むよ。佐城くん』

「まぁ自分は繋ぎで、こっちのチームを動かすのはほぼ剛先輩なんで、問題ないでしょ。そもそも委員長の長谷川先輩も居ますから」

「本来ならば蓮二さんもこちらに居るべきとは思いますがね……こうして通話で画面共有

までして会議ができるわけですから、貴方《あなた》がそちらに居る必要性があると思いません」

『ハハハ……そう言われると弱いけどね、さすがに長谷川委員長の胸の内を一方的に知ってしまった身としては素知らぬふりして顔を合わせられないよ』

「えっ」

え、長谷川委員長は自分の気持ちがバレてるって知らないの？　何その地獄《じごく》。

そもそもどうやって長谷川先輩の気持ちを知ったのか。思ったより闇《やみ》が深そうだなこの一件……いったいどれだけの人間が馬に足蹴《あしげ》にされる事やら……。よく考えたら今日の剛先輩からの説明でそのこと一回も触《ふ》れられてなかったわ。そりゃそうだよな、それ周知されるとか恥辱《ちじょく》の極《きわ》みだし。

『それじゃ、後はお願いね。まだ颯斗《はやと》も残ってるなら宜しく言っといてよ。楓《かえで》は……長谷川委員長の事情についてはバレてないみたいだから、気を付けて』

「颯斗さんには自分から伝えておきましょう。どの道、この後ご自宅までお伺《うかが》いしますので」

「まぁ姉貴もわざわざ俺に訊いてくるような事はないでしょ」

そんな感じでお互《たが》いに注意を呼びかけて会議が終わった。画面から花輪先輩のアイコンが消えるのを確認すると、俺と剛先輩も通話を切って背もたれに背中を預けた。

「……いや緊張しました。花輪先輩の身内とはいえ、ガチの社会人と会議する日が来るなんて思ってなかったっすわ。直に会って喋《しゃべ》るほうが緊張しなかったと思います」

「俺に関して言えば、蓮二さんも上司のようなものだからな……不興を買うと颯斗さんにも話が行ってしまう」

「……あまり気にしないようにしてましたけど、今日だけで剛先輩の立ち位置を何となく理解できました」

よく分からないけど、剛先輩と結城先輩たちは親しい先輩後輩《こうはい》ってだけじゃなくて、家のつながりの関係で従者的な立ち位置になってしまっているのだろう。話を聞く限りだと、生徒会には他にも似たような立ち位置の生徒が居るようだ。例えば長谷川先輩の情報を引き出した人とか。

「――今後、これがお前の役割になる。これからはクラスの準備もあるだろうから全てを任せるつもりはないが……俺からも頼むぞ、渉」

「うす。まぁ、似たようなものを横から見てた経験はあるんで。大丈夫だと思います」

「横から見てそれを吸収し、結果的に自分のものにできているのならその過去は〝経験〟と言っても良いのだろうが……まぁ、お前が良いのなら良い。今日はこれで終わりだ」

文化祭実行委員会の方はもう終わっており、ほとんどの生徒が下校し始めていた。隣《となり》の教室からは何一つ物音が聞こえないし、いま学校に残っている生徒はマジで俺たちくらいなのかもしれない。完全下校時間間近だしな。

実行委員会の教室に戻ってノートパソコンを片付けると、剛先輩は手早く荷物を纏《まと》めて何やら急いでいるようだった。

「悪いが、俺にはまだ〝今日の仕事〟が残っていてな。ここの施錠《せじょう》は任せて良いか？」

「うへっ、マジすか……何すかそのデイリーミッション。普通《ふつう》の会社員ばりに働いてません？」

「俺というより颯斗さんだな。俺はその補佐《ほさ》だ」

金持ちの家庭。偉《えら》い人。そんな面倒な環境《かんきょう》に属する結城先輩や花輪先輩は俺なんかじゃ理解できない世界で生きているんだろう。そういう意味では、うちの親父《おやじ》は上手いこと立ち回って生きてきた方に違いない。ちょっと前までは昇進《しょうしん》とか推薦《すいせん》を断ったって聞いても〝勿体《もったい》ない〟としか思わなかったけど、今なら何となく分かる気がする。仕事を続けていれば給料こそ上がるものの、同様に面倒事の量も比例して上がって行くのだろう。ただでさえ残業しまくりなのにな。てか、え？　俺いま高校生の話してんだよな？

「じゃあな」

「うす、また宜《よろ》しくっす」

一言告げると、剛先輩は足早に去って行った。辺りが無音になると、俺の中で仕事モードのスイッチが切れた。急な気疲《きづか》れが襲《おそ》って来る。後はもう帰るだけだけど、ちょっと一息つくか……。

秋口と言ってもまだ暗くなるには早い。窓から覗《のぞ》く空はまだ夕方と表現できるほど燃えていて、教室の中に差し込む光はこれでもかってくらいオレンジ色だった。

三階から眺《なが》める外の景色は夕暮れの空こそ綺麗《きれい》なものの、校舎の敷地《しきち》から向こうに広がる街並みはゴミゴミとしていて、そこまで感動できるものとは思えなかった。どっちかと言えば、窓際《まどぎわ》の端《はし》っこから眺める夕方の教室の方が趣《おもむき》がありそうだ。こんなの、学校に遅《おそ》くまで残っていないと見る事はできない。

学校というだけなら小中も合わせるともう十年目になる。それなのに、このいかにも青春っぽい景色は初めてのように思えた。そりゃそうだ、だって俺帰宅部だし。こんな事も無ければ、本来なら学校に遅くまで残ったりなんてしないもんな。何らかの部活に入ってたら見慣れるもんなんかね？

「……」

思えば中学。思った事を何でもかんでも口にしたら駄目《だめ》だって事を覚え始めて、少しずつ空気の読み方を身に付けて行った。その時はつるんでた連中が偶然《ぐうぜん》みんな帰宅部だったから、俺もそれに合わせてどこの部活にも属さなかった。おかげで周りが放課後にひぃこら言いながら汗水《あせみず》垂らしている中で、俺たちは好きなだけゲームや漫画、俺に限って言えばバイトなんかにも勤《いそ》しんだりした。

——もし、あの時つるんでた連中が何かの部活に入っていたら。

——もし、俺が夏川と出会っていなかったら。

きっと周りに合わせてその部活に入って、それなりに興味を持って高校でも続けていたんだろう。運動神経なんかも今より良くて、夏川と出会うきっかけすら生まれていなかったかもしれない。バイト経験なんかは当然無くて、大人と話す分には今より幼稚《ようち》だったかもしれない。当然、高校もこんな進学校じゃなくもっと偏差値《へんさち》の低いところで、もしかすると、そこで全く違うタイプの彼女《かのじょ》なんかもできていたかもしれない。

生徒会の仕事に関《かか》わる事もなかっただろう。何かに左右されやすい性格なのは自覚しているし、場合によっては性格も今と全く違ったかもしれない。別の世界線の自分と顔を合わせたらきっと面白《おもしろ》い事になるだろう。こんなこと考えたって仕方ないだけなんだけどな。

「……」

スマホを構えて、やめた。視界の全《すべ》てを撮《と》ってＳＮＳに上げるのも悪くない。けど、そうしてみんなに共有して反応をもらったところで、今以上の満足感が得られるとは思えなかった。

「……帰ろ」

一人で色々考えるには、まだ早すぎる。俺の役目は始まったばかりだ。色々考えるのはそれからでも遅くはない。せっかくのモチベーションを下手に塗《ぬ》り替えるわけにはいかない。

ただ、その時が来たなら——またこうやって思春期を拗《こじ》らせに来るのも悪くないのかもしれない。

廊下の窓に映る自分が思ったよりのそのそと動いていて、ダサくて笑ってしまった。

EX1 ❤❤ 激昂

「あ〜、くそっ」

ガランとした生徒会室。その中で一人、佐城楓《さじょうかえで》は、手を動かしながら不機嫌な様を隠すこともなく悪態を吐《つ》いた。

楓は理不尽《りふじん》が嫌《きら》いだ。この学校生活において、溜め込《こ》んだストレスのほとんどが理不尽によるものだ。おかげさまで自分の責任で片付けられるものをあまり苦に思わなくなった。最たる例を挙げるなら、学生の本分である勉強がまさにそれに当たるだろう。

だからと言ってその理不尽を全て認めないほど子供でもなかった。どうやら自分は見た目や態度が怖いらしく、ただ廊下を歩いているだけで怯《おび》えられることが多々ある。それが気に入らなかった入学当初、何故《なぜ》か楓は〝ギャル〟や〝ヤンキー〟などと呼ばれる方向に走ってしまった。その頃《ころ》の失敗を経験として昇華《しょうか》し、背負うべき業《ごう》として自分自身を納得《なっとく》させることができた。あの失敗が無ければ、楓は今この瞬間《しゅんかん》に降りかかっている理不尽にも堪《こら》えることができず、まだ何とかオシャレとも言える髪《かみ》の色もさらに刺々《とげとげ》しい色だったに違《ちが》いない。

「アイツら……この野郎っ……！」

〝アイツら〟とはこの鴻越高校《こうえつこうこう》における〝西側〟と呼ばれる存在のことだ。楓は現在、その〝西側〟によって苦難を強《し》いられている。何故なら去年の生徒会に属していた彼《かれ》らによってその時の文化祭準備の記録の一部を抹消《まっしょう》されていたからだ。そのため今年度は文化祭準備の手順を自分たちで発案・構築していく必要があり、本来なら前例になぞって進めれば良いものに対して想定外の時間や人手《リソース》を割《さ》くことになった。

実は〝アイツら〟の中には自分以外の生徒会の人間も含《ふく》まれている。現在の状況《じょうきょう》を見ればわかるように、今この生徒会室には楓ただ一人……他《ほか》の生徒会役員は出払《ではら》ってしまっているのだ。

――隠《かく》し事《ごと》をされている。

そんな事は直ぐに気付いた。いつも自分に対して犬のように構って構ってと尻尾《しっぽ》を振《ふ》って来る男たちだ、そんな連中がいきなり自分を避《さ》け、隠れるように作業し始めたら「何かある」と思うのは自然だろう。ちなみに今回のようなことは以前にもあり、楓は既に同じパターンを経験済みだった。その何かが隠し事であることはもはや明確だった。

それでも怒《おこ》って当たり散らさない楓先輩《せんぱい》って、もしかして見た目に反して優《やさ》しいのでは？　と思うかもしれない。残念ながらそれは違っていて、ただ見切りを付けているだけだった。二年前、ダウナーで居ながら純粋《じゅんすい》にイケメン好きだった楓が絵に描いたような王子様な男子生徒に囲まれても今まで一切靡《いっさいなび》かなかったのは、彼らが楓の嫌う理不尽の塊《かたまり》だったからだ。おかげさまで楓は目だけ肥え、今期の生徒会発足《ほっそく》当初には〝イケメンとは何か？〟と哲学的《てつがくてき》なことを考えていた。ちなみに今は「イケメンとかどうでもいい」という領域に達している。「癒《いや》されてぇ」という願いばかりが、遅くなった帰り道の夕焼け空に向けられていた。

そんなやや諦《あきら》めがちな楓にも守るべき存在があった。それが明確になったのは、駄目駄《だめだ》目《め》と侮《あなど》っていた弟が大真面目《おおまじめ》にこの高校を目指し始めた瞬間だった。

当時の鴻越高校は地域最高レベルの進学校として評判が良かった。しかもその校風は生徒の自主性を重んじる方針で、他の高校と比べると群を抜《ぬ》いて校則が緩《ゆる》くとても人気だった。その頃の楓はと言えば、学業に向けるモチベーションは「弟を圧倒《あっとう》できればそれでいい」という何とも年の近しい姉弟《きょうだい》らしい理由だった。まだ恋《こい》を知らなかった弟の成績は中の中といったところで、それに圧倒的な差を付ければ進学校にも届くというもの。楓がこの高校を選ばない理由はなかった。

それが入学してみればどうだ、組分けは〝東側〟や〝西側〟などといった不思議な呼ばれ方で区切られ、親の金で付けあがった連中が幅《はば》を利《き》かせているではないか。これのどこが必死こいて勉強してまで入るべき高校だというのか。勉強の成績さえ良ければそれで良いのかと、学校側に対して不信感を抱いたものだった。

そんな学校に――――自分の弟が入学する？

楓に炎《ほのお》が灯《とも》ったのはその時だった。同時に姉としての多少の自覚が芽生えた。今まで自分が大好きだったプロレス技の練習台にしていたことを申し訳なく思った。

それから早二年、楓は様々な理不尽を目《ま》の当たりにした。そのおかげで身に付いた清濁《せいだく》併呑《へいどん》の精神は楓を生徒会副会長にまで成長させた。理不尽に耐《た》え抜く強靭《きょうじん》な精神だけでなく、理不尽に対抗《たいこう》するための知識や技術も身に付けさせた。

「――楓。一人にさせて悪いな」

「別に」

「ふっ……冷たいな」

「……」

生徒会室に入って来たのは生徒会長の結城《ゆうき》颯斗《はやと》。一年生の頃、見た目以外が怠惰《たいだ》なダメ人間で、数々の女子生徒を食いものにし、今では自ら〝更生《こうせい》した〟などと宣《のたま》っている女の敵である。とはいえ、当時の女子生徒の全員がものの見事に自分から飛び込んでいたと判明しているため、始末に負えないのだが。

「……変に忙しそうじゃん。これもアンタらで言うところの〝責任〟ってわけ？」

「〝西側〟に起因する内容だからな。楓に迷惑《めいわく》をかけたくないと思う俺《おれ》たちの気持ちも解《わか》ってくれ」

「……」

表情を崩《くず》さず、上座の会長席に向かう結城。今さら自分たちが勝手にコソコソと動いていることを隠すつもりもないようだ。

しかし楓はここで「楽ができてラッキー」と思う性格ではない。自分が今この生徒会に属する理由は、共に〝大人の汚《きたな》さ〟を目の当たりにしたことがある弟にあの時と同じものを見せないため。そして、二年前に〝西側〟に傷付けられた友を二度と同じ目に遭《あ》わせないためである。

そのためなら、男の尊大な気遣《きづか》いなど唾棄《だき》すべき塵芥《ちりあくた》も同然だった。

「……拓人《たくと》は〝西側〟じゃないけど？」

「あいつは生徒会庶務《しょむ》としての仕事を全《まっと》うしてるだけさ。今ここに居ないのは偶然に過ぎない」

「はんっ……どうだか」

「さすがに事が事だからな。本人にやる気があるのなら拒《こば》む理由もない」

楓の嫌味《いやみ》を飄々《ひょうひょう》と躱《かわ》す結城。二年の年月をかけて構築されたこの関係は今さら険悪になるようなものでもなかった。寧ろ、結城は楓の臆面《おくめん》もない態度に好感さえ覚えている。結城にとって楓という少女は〝面白《おもしれ》ぇ女〟だった。

「甲斐《かい》には去年の文化祭の情報収集を中心に動いてもらっている。ただ文化祭の準備を先に進めるだけでは、根深い〝西側〟の問題はどうにもならないものだと身をもって思い知ったからな。必要だと判断した」

「それは……そうだけど。他の連中は？」

「説明しただろう？」

「良いから。確認《かくにん》したいだけ」

「……」

結城は訝《いぶか》し気に楓を見ると、逡巡《しゅんじゅん》してから素直《すなお》に口を開く。

「蓮二《れんじ》は文化祭実行委員会の尻拭《しりぬぐ》いとして実家の力を使って別働隊を指揮している」

「ハァ……」

「お前が気に入らないのは分かっているけどな。例年通りの文化祭のクオリティーを保つにはそうするしかないんだ」

「わかってるっつの」

〝金で事を動かす〟。

過去、この学校がまともでなかった原因は、未成年の未熟な生徒でしかないクソガキがそれを実現できる環境があったからに他ならない。憎悪《ぞうお》の対象であるそれを淘汰《とうた》して見せたというのに、他でもない自分たちがそれをする事になるのは楓にとってこの上なく忸怩《じくじ》たる思いだった。

しかし、清濁併呑――今年の文化祭と自分のちっぽけな矜持《きょうじ》を天秤《てんびん》にかけるなら、どちらに傾くかは言うまでも無かった。業腹《ごうはら》に変わりはないのだが、この三年間の経験に裏打ちされた楓の勘《かん》が〝己より他を取るべき〟と囁《ささや》いているのだ。要するに、角《かど》が取れて丸くなっていた。

「他は？」

「他……？　分かるだろう？」

「悠大《ゆうだい》がまともに働いてない事くらい分かってるっつの」

轟《とどろき》悠大。この生徒会の一員ではあるものの、ほぼお飾《かざ》りのような存在だ。まともに仕事をこなさないものの、〝西側〟で発言力だけはあるため生徒会で囲っている状態にある。

ちなみに彼は実際に楓に対して「おもしれー女」と言った過去がある。歯《は》に衣着《きぬき》せぬ楓の辛口《からくち》は金持ちのイケメンの心にハマりやすいらしい。

「他《い》よ。居るでしょ。舎弟《しゃてい》が」

「……もしかして、石黒《いしぐろ》の事を言っているのか？」

「そいつだけか怪《あや》しいもんだけどね」

「石黒のような奴《やつ》が何人も居てたまるか……勘繰《かんぐ》りすぎじゃないか？」

「自分の居る組織の有り様すら把握《はあく》できない人間が、文化祭実行委員をバックアップできるわけないでしょ」

「……」

楓は閉口した結城を見て、他の手駒《てごま》の存在について怪しいとはまだ思わなかった。二年生の石黒という〝結城〟に属する生徒の存在は前から知っていたし、楓にとっては先輩や後輩《こうはい》という垣根《かきね》を超《こ》えて毒を吐きあえる関係である。裏表が無い分、それだけ遠慮《えんりょ》や手加減の要《い》らない存在程度には認めている。強いて気に入らないところを挙げるとするなら、その辣腕《らつわん》ぶりを誰かの犬として奮《ふる》っているところだ。

「……楓の思っている通りだよ。今回の件に関しては石黒も動いている」

「はんっ……」

楓は石黒という結城の脚が動いていることに文句はなかった。ただ、黙《だま》って別働隊を動かされることに納得していない。突《つ》き詰めれば、黙ってそれをされた事よりも無用な不和を招きかねない事を理解していながら「まぁ大丈夫《だいじょうぶ》だろ」と楽観的に構えるその性根《しょうね》が気に食わなかった。だからこそ楓は自分の弟を評価している。単純な個人の能力値よりも、歴史によって証明された運用方法を知識へと昇華し、実際に経験することで自らの技術として落とし込んでいるのだから。今の生徒会に、これ以上必要な風はないと思っている。

「そう気を悪くしないでくれ。俺たちはお前に手間をかけさせたくないんだ」

「ちょっ……絡《から》みつくなっての！」

鎖骨《さこつ》をなぞるように後ろから回された腕《うで》を振り払う。二人きりになったときに結城がしばしば見せる行動だ。やはりその心は親に決められた許嫁《いいなずけ》よりも楓に向いているらしい。仕事の会話と思って確認書類に目を向けていた楓は油断していた。

──尤《もっと》も、力で敵《かな》わなくとも抜け出す術《すべ》はあるのだが。

結城もそれが分かっていてこのような真似《まね》をしたのだろう。

「一緒《いっしょ》くたにすんな。少なくともアンタの舎弟は『理解できない』とか言いながら溜め息と一緒に煙草《たばこ》フかしてるでしょ」

「勝手に人の後輩を未成年喫煙者《きつえんしゃ》にするな」

冗談《じょうだん》にしては質《たち》が悪かったか、結城は本性《ほんしょう》を現すように顔を顰《しか》めると、楓から常識的な距離《きょり》を取った。必ずしも楓ファーストというわけではないらしい。

よしんば石黒が本当に外で煙草を吸っていたとしても、学校の制服さえ着ていなければ誰も彼を未成年者とは思わないだろう。そのくらい石黒は見た目も立ち居振《ふ》る舞《ま》いも成熟している。生き方が一つ違えばあるいは有り得た未来だった可能性もあるだろう。

自らの後輩、もとい部下とはいえ、さすがに石黒への評価をそのままにはできなかったのだろう。結城は楓に向き直ると、改めて石黒の正当性を主張した。

「石黒は実行委員会の仕事の交通整理をしている。主な内容はデータ化すべき書類の分別と、蓮二が指揮するチームとの取《と》り繋《つな》ぎだ」

「……なるほどね」

言わば中間管理職。仕事のできない人間には到底《とうてい》できない内容であり、かといって結城のような統括者《とうかつしゃ》がプレイヤーとして動くには勿体ない立ち位置だ。そこに石黒を采配《さいはい》するのは何ら不自然ではない。実際、今もリアルタイムで生徒会に上がって来るデータが徐々《じょじょ》に流動的になり、状況が把握しやすくなりつつある。これはその成果と言えるのだろう。

認めるのも癪《しゃく》だが、それだけでも石黒という人間がいかに優秀《ゆうしゅう》かを物語って――

「…………？」

ふと、楓のこめかみに違和感《いわかん》がよぎる。

目の前の書類を見る。パソコンの画面に映るデータを確認する。

新しく作られた実行委員会の日次報告のフォーマットを確認する。花輪《はなわ》が率いるチームとのオンライン会議の予定に目を通す。

「……颯斗」

「何だ」

「アンタの舎弟は……石黒ただ一人なんだっけ?」

「言い方……ああ、さっき言ったはずだ」

「……」

違和感は消えないまま。楓は手を止めて思考する。

楓と石黒の能力を比較《ひかく》するとするなら、石黒の方に軍配があがるだろう、同じ仕事を任せれば、その生産効率は石黒の方が優《すぐ》れている。それは楓自身も理解しているし、だからこそ一目置ける存在として彼を記憶《きおく》に留《とど》めているのだ。

それでも楓が石黒に対して毒を吐けるのは、彼にもそれなりの粗《あら》が存在するからだ。もし本当に隙《すき》のない優秀な存在であったなら、楓は何かを言えることもなくただイライラを募《つの》らせていた事だろう。要するに、石黒は必ずしも完璧《かんぺき》ではないという事だ。

――あまりに出来すぎている。

石黒が実行委員会の管理者として委員全体を指揮したとして、三学年全体で二十余名にものぼる人間をここまで手足のように動かせるだろうか。

ただそれだけに注力していたならまだわかる。しかし結城の話によれば、石黒は他にも別働隊との取り繋ぎもしているのではなかったか。そもそも今までの進め方を根底から覆《くつがえ》すのに、こんなにも早く成果物として生徒会に提出できるものだろうか。それだけの統率《とうそつ》能力があって〝結城〟の従僕《じゅうぼく》として甘《あま》んじるには……あまりにも優秀過ぎる。

「……これ」

「……楓？」

「この実行委員会の格納物《かくのうぶつ》……」

そう言って、楓はノートパソコンの画面を指さす。その先には、実際に文化祭実行委員会が仕上げたデータが格納されているフォルダがあった。学校のネットワークを通じて、同じ領域を見に行けるようになっているのだ。

「この今日の日付のフォルダ……今も更新《こうしん》され続けてる最新のデータだよね」

「ああ……そのはずだ」

「確認が必要なのもあるけど、これも石黒が？」

「ただの委員にとっては慣れていない作業のはずだ。おそらく確認者は石黒か、委員長の長谷川《はせがわ》か、他にパソコンの操作に慣れた奴だろう」

「……」

「おい……何を」

マウスに指を這《は》わせてカーソルを動かす。楓は手当《てあ》たり次第《しだい》にフォルダを開き、中身をざっと確認していく。結城はそんな楓の行動の意図が読めないようだった。

そんなとき、楓の目にとあるフォルダが目に入る。

──『未承認』フォルダ。

楓はそのフォルダの中から一つのファイルに目を付けると、ダブルクリックして開く。

中身の内容は三年生のクラスがスイーツの模擬店《もぎてん》を出すための保健所に対する許可申請書《しんせいしょ》だった。見たところ、その内容に書き損じがあったのか記載《きさい》の足りない内容に関してコメントボックスが添《そ》えられている。

「……再提出が必要なデータか。まったく……手を煩《わずら》わせてくれる」

「……」

結城が同級生の不甲斐《ふがい》なさを嘆《なげ》く。こうして愚痴を吐く姿を見せるのも楓だけなのだが、今の楓にはそんな結城の仲良しアピールは何の意味も無かった。

「……このガッコの生徒だからって、誰《だれ》でもこのファイルを見られるわけじゃない」

「……ん？」

「学校のノートパソコンの支給と運用開始に際して、確かつい昨日、文化祭実行委員それぞれに対してアクセス権を割《わ》り振ってたよね」

「あ、ああ……そうだが」

「生徒の、何に対して」

「学籍番号《がくせき》――……っ……⁉」

楓の問いに答えた結城。怪訝《けげん》に思いながらその視線を辿《たど》って目を向ける。楓がいま開いているのは、先ほど見ていたファイルそのものの情報が閲覧《えつらん》できるタブだった。

そこには、そのファイルの〝最終更新者《こうしんしゃ》〟が表示されていた。


『KS490083』


――鴻越高校《こうえつこうこう》第四十九期生、一年生の佐城渉《さじょうわたる》の学籍番号。

楓は生徒会副会長を預かる身として、かねてより弟の学籍番号は頭に入れていた。

文化祭実行委員ではなく、当然このファイルを編集する権限を持っているはずのない、ただの一年生。そんな一生徒に過ぎない楓の弟の名前が、重要な申請書類の最終更新者として記録されていたのだ。本来なら、それは有り得るはずのないことだ。

「――どういうこと」

「……」

「ねぇ」

画面に目を向けたまま問いかけるも、結城からの回答は無言だった。しばらく待ったところで結城は口を開こうとせず、体を動かそうともしなかった。結城の経験上、ここで素直に話したところで楓が怒《いか》りを増幅《ぞうふく》させる事は分かっているため、ある意味では賢明《けんめい》な判断であるとも言えた。

――かと言って、既《すで》に発露《はつろ》している怒りが鎮《しず》まるわけでもないのだが。

「チッ……」

楓は立ち上がると、結城の胸《むな》ぐらを掴《つか》んで上に引き上げた。身長差はあっても、喉頸《のどくび》に親指の関節をくい込まされれば百八十センチを超《こ》える身長の男でも苦しいというものだ。

結城は堪《たま》らず、自分を苦しめる細い腕を両手で掴んだ。未曽《みぞ》有《う》の事態に、さすがの結城も冷静では居られなかった。

「……か、かえ――」

「――フンッ！！」

「おぐッ!?」

強いブレスとともに放たれた楓の拳《こぶし》が結城の鳩尾《みぞおち》にめり込む。その狙《ねら》いはあまりに完璧で、結城の体の芯《しん》を強く揺《ゆ》らすものだった。恋人《こいびと》であったなら理想的なはずの身長差が、結城の仇《あだ》となった。

「あ——うあッ……!」

楓が結城の胸ぐらから手を離《はな》す。結城はその場に頽《くずお》れて腹を押さえながら蹲《うずくま》った。床《ゆか》に向いた顔は楓からは見えなかったが、苦痛に満ちた表情を浮《う》かべていることは想像に難《かた》くなかった。そんなイケメンの苦しむ様子を見ても、楓の怒りは収まりはしなかった。

「くそが……」

「……ぐっ……」

この鴻越高校《こうえつこうこう》が抱《かか》えていた闇は楓が最も嫌悪《けんお》するものであり、生徒会長である結城でも容易《たやす》く解決できるものではなかった。そのため、結城は自らの手足となる存在を増やす必要があったのだが——よりにもよって、それに足る優秀な駒《こま》となり得る存在は楓の弟だった。この状況を打開するためには嘘《うそ》を吐《つ》いてでも必要だったのだ。

〝東と西〟問題に楓の弟を関わらせるということ……もしバレた場合、結城はこの整った顔に赤い華《はな》を咲《さ》かせるくらいの事は覚悟《かくご》していたのだが、現実はそう甘くはなかったらしい。

裕福《ゆうふく》な家庭に生まれ、今までに現れた壁《かべ》はと言えば面白みのないつまらない世界そのものだった。それを乗り越えて自ら探求することを覚えた結城は間違《まちが》いなく成長しているのだろう。だからと言って、つらい思いを経験した上に成り立つ強さがあるかはまた別の話だった。生涯《しょうがい》の中で、結城に対し記憶に焼き付くような痛みを与《あた》えたのは楓ただ一人だった。一年生の頃、怠惰に溺《おぼ》れた結城を掬《すく》い上げた頬《ほお》への一発は今でも忘れてはいない。

結城は今回もそんな目が覚めるような一発を予想していたのだが――むしろ眠《ねむ》りに就《つ》きそうになっていた。

「……ふざけんな」

「待っ――」

踵《きびす》を返して生徒会室から出て行こうとする楓。結城は何とか引き止めようと手を伸《の》ばすも、顔をそちらに向けるので精一杯《せいいっぱい》だった。

結城の人生に新たな初体験をお見舞《みま》いした楓。扉《とびら》を開け放つと、そのまま振り返ることはなかった。

生徒会室から遠ざかって行く足音を聞きながら、後に残された結城は今もなお腹部に残り続ける鈍痛《どんつう》が引くのを、ただ静かに待つ事しか出来なかった。

☆

『——俺がやりたくてやってんだから、今回は引いてくれよ』

「……」

結果として、佐城渉をこの一件に関わらせるかの勝負は結城の勝利に終わった。自発的な行動を起こさせる人心掌握《じんしんしょうあく》は結城お得意の技だったのだ。それを覆すことは姉という立場をもってしても不可能に近かった。もはや、間接的に楓も掌握されたも同然だった。

弟の主張を聞いて手を引いた楓だが、生徒会室に戻《もど》る気分ではなかった。結城の斜《なな》め前《まえ》の席で何食わぬ顔で再び仕事を再開する胆力《たんりょく》自体はあるものの、今はそれにブーストをかけるモチベーションが底を突《つ》いていた。

トボトボと歩いているつもりの楓だが、周囲からすれば生徒会副会長がゆっくりと巡回《じゅんかい》し目を光らせているようにしか見えない。いつもは周りに対して興味無さげにして歩いている楓だが、這うように歩く様は今までと様子があまりにもかけ離れており、すれ違う生徒らは恐《おそ》れ慄《おのの》いて道を空けるしかなかった。そんな楓が向かうのは、生徒会室よりもいくらか所帯染《しょたいじ》みた空間。

楓は力なく扉に手を掛《か》けると、体を使ってゆっくりと開いた。亡霊《ぼうれい》が覗き込むかのような様子に、すぐ内側に居た女子生徒が悲鳴を上げる。

「きゃっ……!? ちょっと、ノックくらい——え？」

「……」

のそりと体を滑《すべ》り込ませて注意されるも、今の楓には見たことも無い後輩に対して丁寧《ていねい》に挨拶《あいさつ》できるほどの余裕《よゆう》は無かった。

向かう先、応接用に向かい合うソファーにて、お茶をしばく集団あり。楓はゆらりとそこに向かうと、ソファーに座《すわ》っている一人の女子生徒の右膝《みぎひざ》に向かってパタリと倒《たお》れ、ぽすんと額《ひたい》を預けた。

「——凛《りん》。膝《ひざ》、借りる」

「事後報告は嫌いなんじゃなかったか？」

「3秒ルール」

「やれやれ……」

向かいのソファーで苦笑いを浮かべる三田《みた》綾乃《あやの》、稲富《いなとみ》ゆゆ。そんな彼女たちの視線を気にする事もなく、楓は目を閉ざして人肌《ひとはだ》の温《ぬく》もりを補充《ほじゅう》した。この突然《とつぜん》の出来事を誰からも指摘《してき》されないあたり、この風紀委員会では見慣れた光景であるという事なのだろう。

「こら、息をするな。くすぐったいだろう」

「アタシに死ねって？」

「そんなことは言って――ひっ!?　おいっ、その状態で喋るんじゃない！」

風紀委員会が醸《かも》し出す団欒《だんらん》は紅一点の生徒会には無いものだった。むしろ普段《ふだん》の男どもは楓の気を引くためにお互いの腹を探《さぐ》り合い、雑談を交えながら警戒《けいかい》し合っている始末だ。そんな空間で楓がストレスを募らせるのは必至だった。楓がこうしてガス抜きのためにここを訪《おとず》れるのはもはや防衛本能に近かった。

「のみもん……」

「おい、それは私のお茶――おいっ……こぼすなよ？　そこで絶対にこぼすんじゃないぞ!?」

テーブルから拾い上げたティーカップを、膝の上でうつ伏《ぶ》せになったまま啜《すす》る。誰かが淹《い》れたお茶と言うだけで楓は満たされて行く感覚を覚えた。飲み終えたカップをソーサーの上に戻すと、再びパタリと倒れて目の前のスカートに顔を埋《うず》める。こうなったらどこまでも構ってもらおうと、楓はくぐもった声で次の要求をのたまった。

「綾乃。綾乃の膝で寝《ね》てみたい。そのデカいの頭の上に乗せてみたい」

「セクハラです」

難しい事はいったん全て忘れて、今はガス抜きを。

手を抜くべきところで一息つけるという点は姉弟《きょうだい》共通の才能だった。メンテナンスをするかのように頭の至るところからネジを外した今の楓が、この進学校である鴻越高校《こうえつこうこう》の生徒会副会長だなんて誰が信じられるだろうか。

「じゃあ……凛で」

「やめろ。というか乗らない」

「むしろ乗せられてるもんね……ブラに――あてっ」

つん、と上に見える膨《ふく》らみを突《つつ》いたセクハラは額への軽い平手打ちで返された。とどめを刺《さ》された楓は凛の膝の上で全身の力を抜く。

ぷらんと垂れた右手は小さく、鳩尾に打ち付けるには心もとない少女の手だった。

4章 青春の御業

文化祭実行委員会とは別で、クラスの出し物の準備も本格的に始まった。夏川《なつかわ》と佐々木《ささき》はいつもの委員会の作業をこなしつつ、うちのクラスの出し物の内容について実行委員会との窓口役も果たさなければならない。こればっかりは手伝える事は無いかもしれない。できるだけやれる事はやるつもりだけど、クラスの主導をしているのが我らが担任の大槻《おおつき》先生と学級委員長の飯星《いいほし》さんだから迂闊《うかつ》にしゃしゃり出る事はできない。

「アンタは……来るの？」

席が前後だからか、周りが各々《おのおの》移動を開始し始めると夏川が訊《き》いてきた。委員会の新体制が動き始めて三日目。花輪《はなわ》先輩《せんぱい》率いる社会人チームのおかげですこぶる順調なわけだけど、一年の夏川たちには伝わっていないのか、この前の同中《おなちゅう》だったハルの爆弾《ばくだん》発言による気まずさを他所《よそ》に、俺に話しかけるくらいにはまだ不安な気持ちがあるらしい。

「悪い、そっちは一応手伝ってるってだけで優先順位が低いんだよ。そもそも実行委員じゃない俺がそっち行っても周りは『何で？』って感じだろうし。剛《ごう》先輩——石黒《いしぐろ》先輩が居るから問題は起こらないと思う。あの人は何か色々理由つけてフットワーク軽くしてるらしいから」

「そう……」

「夏川、心配しなくても大丈夫だって。冷静に考えてみ？　俺たちと違って協力してくれる人たちは昼と放課後だけじゃなくて一日中かけて手伝ってくれてるんだ。進み具合で言ったら元々の比じゃないから。そんな不安にならなくて良いって」

「え？　う、うん……」

昔バイトをしてた時もそうだったけど、チームで動いていても、末端《まったん》の立場だと今がどんな状況《じょうきょう》か情報が下りて来ないときがあるんだよな。何となく先輩同士が話してるのを聞いて初めて状況把握《はあく》できたりしてたし。俺は別に夏川より立場が上ってわけでもないけど、確かにちゃんと伝えておかないとわからないし、不安になるのも当たり前か。

「今のとこ心配しなくてもって感じだけど……何か訊きたいことでもあるなら何でも答えるぜ？」

「あ……」

さじょっち窓口はいつでもオープンだよ！　と伝えると、夏川はじゃあそれならと思ったのか何かを考え始めた。ああ質問あるんだと思って待つものの、言語化しづらいのか喉《のど》元《もと》に引っかかっているようだった。

「まぁ、別に仕事に関係ない事でも——」

「夏川、行こう」

「……」

親切心でフォローしようとすると、横から癪な声が割って入って来た。佐々木だ。さすがにちょっとイラッとした。

「お前ね、タイミングってもんがあるじゃん」

「あ、いや、その………悪い」

「お、おう……や、別に良いけど」

わざとかテメー、なんて目を向けると、意外と素直に謝罪を返された。そう殊勝《しゅしょう》に来られるとこっちも大人しく引き下がるしかない。ムカつくイケメンには変わりないものの、先日の一件で前より自信無さげになってしまったような気がする。くそぅ……むしろ謙虚《けんきょ》さと物分かりの良さが相乗効果になって余計にイケメンになったような気がする……戦いの中で成長する主人公かよ。シリーズ初の新モード実装しちゃう系キャラかよ……。

「——じゃあ、行くね……？」

「あ、はい」

別にそこまで訊きたい事は無かったのか、夏川は何も訊いて来ずに必要最低限のものを持って佐々木に付いて行った。季節的に早めの木枯《こが》らしが心に吹《ふ》いたものの、時間を無駄《むだ》にするわけにもいかないし、戸惑《とまど》うような視線を向けて来る佐々木にとりあえず「おら行け」と顎《あご》を突き出しておいた。

さて、どこかに不貞寝《ふてね》できるスペースはないだろうか。

「さじょっち！　パンはパンでも食べられないパンはなーんだ！」

「レーズンパン」

「それさじょっちが嫌《きら》いなだけでしょ……正解はウグイスパン！」

「どの口が言ってんの？」

さやえんどうスナックとか好きな方だけどな。そういう意味じゃ甘いえんどうは俺もそんなに好きじゃないかもしれない。初めてウグイスパンを食べた時はずんだ餅《もち》と同じで「枝豆かな？」と思ったらえんどう豆だった時の裏切られた感が凄《すご》かった。そもそも何でそっち系の食い物って『ウグイス』だったり『ずんだ』だったりトリッキーな名前なわけ？

突然やって来た芦田《あしだ》は「ちぇー」なんて口をとがらせると、気だるげに夏川の居た席に座って項垂《うなだ》れた。

「やー、小さい頃《ころ》はあれホントに〝ウグイスだったもの〟って思っててさ。苦手なんだよねー」

「キクラゲを本物のクラゲと思ってた口な」

「え、違《ちが》うの？」

「いや、そうだよ（嘘）」

「アタシそれも苦手ー。砂浜《すなはま》に打ち上げられたクラゲとかグロいし」

……もしかして、俺は今とんでもない嘘をついてしまったのでは……まぁいっか。この程度の勘違《かんちが》いなんて可愛《かわい》いもんだろ。どっちかと言えばウグイスの方が色合いもあって業が深い気がする。絶対に芦田以外にも勘違いしてる子供は居そう。ホーホケキョ。

「なーんか、出し物でなぞなぞ大会ってつまんないよね。よく聞く喫茶店《きっさてん》とかお化け屋敷《やしき》とかバンドとか三年生が持ってっちゃうし」

「まぁ、一年生の文化祭なんてそんなもんじゃね？　それこそお隣《となり》なんか中学生向けの学校紹介《しょうかい》を垂れ流しながらベンチ置くだけの休憩所《きゅうけいじょ》だろ？　うちなんかマシな方だろ」

「中学の頃もそんなのあったけど、高校でそれやるとめっちゃガチなの出来そうだよね」

「一周回ってアリよりのアリかもなぁ」

なんかビデオカメラ持ってうろうろしてたし。単純にみんなでワイワイやる分にはこの準備期間中が一番楽しいのかもしれない。

その手があったたか、なんて考えていると、芦田が急に夏川の席で顔を伏《ふ》せた。

「ふへへ……愛《あい》ちの匂《にお》い」

「おい馬鹿《ばか》やめろ。そこは夏川の神聖な場所だ。芦田がくんかくんかしていい場所じゃないんだよ。わかったら代われ」

「さじょっちと男子はだめー」

そ、その手があったたかッ……！　何で今まで思い付かなかったんだ！　夏川がずっと使ってる机なんだから夏川の匂いがしてもおかしくないだろ！　ていうか何で俺は男子のカテゴリじゃねぇんだよ！

「はーい、みんな机後ろにやって！　それから男子は手分けして買い出し！　女子は装飾《そうしょく》作って！　さ、取りかかる取りかかる！」

大槻先生がパンパンと手を叩《たた》いて急かして来た。運動部の万年筋肉痛の連中が「う〜い」とか言いながらのろのろと立ち上がった。飯星さんがホッとしてる。ああいう纏《まと》め方《かた》は生徒じゃできないからな。やはり担任は我の強い女教師に限る。本能が服従を誓《ちか》っている。

「じゃ、席戻るね」

「せっかくなら夏川の机後ろに運んでもらって良いんだぞ」

「代わってあげるっ」

ばいびっ！　と去る芦田。そもそも何でこっちに来た。お前さんコミュ力《りょく》高いんだから
あんまり動いちゃダメでしょ。ほら、元の席の周辺ちょっとシーンとしちゃってんじゃん。

「佐城《さじょう》くーん？」

「うっす」

早く運ばないと前の方が詰《つ》まるし、さっさと運ぼう。

◆

「あのさ、百合《ゆり》って良いなって」

「もっと野郎《やろう》のノリで言ってくんね？　真顔で言われても困んだけど」

昇降口《しょうこうぐち》から出たところで、山崎《やまざき》の下種《げす》トークが始まった。話題に乏《とぼ》しいタイミングだったから助かるものの、内容があんまりすぎる。とはいえ異論はなく、普段から夏川と芦田の絡みで尊さを感じているので話を進めることにした。

「あれか。席の位置的に一ノ瀬《いちのせ》さんと白井《しらい》さんのこと言ってんのか」

「そーなんだよ！　あと岡本《おかもと》っちゃんもな！　毎度毎度近くでいちゃいちゃいちゃいちゃしやがって！　天国かよ」

「山崎もやっとその魅力《みりょく》に気付いたか」

一ノ瀬さんはちょっと保護者目線で見ちゃうし、どっちかと言えば俺《おれ》は夏川と芦田の絡みの方が刺さる。しかもこっちは夏川が「もうっ、やめてよっ」なんて言いながら喜んでるから俺も喜んじゃう。最近は夏川の席が真後ろのせいで満足に眺《なが》める事もできていない。後ろを振《ふ》り返ってみろ？　夏川と芦田の組んずほぐれつの光景に至近距離で鼻息吹いてしまいそうだ。

「しかも知ってっか？　最近の一ノ瀬さん、ちょっとあの二人にデレ始めてんの」

「マジで」

思わず身を乗り出して食い付いてしまった。

そういえば、言われてみれば最近はあまりメッセージのやり取りで白井さんとかの愚痴《ぐち》を聞かない気がする。ちょっと前までは「読書に集中できない」なんて俺にヘルプしてたけど、最近は白井さんはこんなのが好きとか、岡本っちゃんは意外とこんなタイプだったとか、順調に親交を深めている節がある。ＪＤ風ＪＣの笹木《ささき》さんともお互《たが》いにオススメの本を教え合ったりしてるみたいだし。良い傾向《けいこう》だ。

「俺、もうどうしたら良いんだろって」

「ガチレスするなら今のままがベストポジションだ。良いか、絶対に関《かか》わろうとするんじゃない。あれは眺めるためにある。お前が関わったが最後――そこに尊いものは何一つ失くなっちまうんだよ……ほら、俺とかバイトで一ノ瀬さんと関わってたけどあんまり近付いてないだろ？」

毎晩メッセージでやり取りはしてるけど。

「佐城っ……！」

「え、オレ岡本っちゃんちょっと気になってんだけど」

「岩田《いわた》ァ！　てめぇ！」

「岡本っちゃん、ねぇ……」

普通《ふつう》に会話に入って来た野球部坊主《ぼうず》の岩田。タイプは岡本っちゃんだったか……俺が見るに、岡本っちゃんは暑苦しいタイプは苦手そうだなぁ……。女性向けのアイドル育成アプリ的なのにハマってるとの新情報もあるし……。

白井さんとかは好きな人ができたら直ぐに仲間内で言ってしまいそうだけど、岡本っちゃんは胸の内に仕舞《しま》っていそうな気がする。恋愛《れんあい》に憧《あこが》れてはいるみたいだけどな。俺と夏川を見てキラキラした目向けて来るし。

そもそもよ。たぶん白井さんも岡本っちゃんも佐々木のこと好きなんだよな……俺とかが佐々木と絡んでると無駄に女子からの視線感じるからわかりやすいんだよ。

あぁ……俺じゃないのねって。

「てかさ、佐城は何でイケメンじゃないのに女子と普通に話せんの？」

「まぁ俺は夏川オンリーを貫《つらぬ》いてるからな。他《ほか》はどうでも良いって感じる分、別に緊張《きんちょう》しないというか。女子もそのつもりで俺と話すし。意識する余地が無いんじゃね？　あとお前もそんなイケメンじゃないかんな」

「……冷静に考えたら佐城って割と恋愛マスターなんだよな……フラれてっけど」

「しかもそれでまだ夏川さんと普通に話してたりすっからな。なにお前。心臓に毛が生えてんの？」

「さぁ……同じグループだから？　そもそも二年近くの付き合いだし……」

「同じグループって、芦田もだろ⁉　マジで何なんだよお前！　芦田のボディータッチどうにかしろよ！　ドキドキすんだよぉ！」

「岡本っちゃんとかとも普通に話してるしよぉ！　何なんだよお前よ！」

「マジ何なのお前ら」

……こうして比べてみると、今でこそ夏川にホの字なものの、特別誰かに惚《ほ》れてもいないのに女子に対して普通にグイグイ行ってた佐々木ってリアルに凄かったんだな。そのうちマジで異世界転生とかしそう。妹の有希《ゆき》ちゃんが『――いま行くからね』って追いかけるところまで見えた。

◆

買い出しは苦労した。野郎連中が騒《さわ》ぎまくってこの上なく盛り上がったからだ。同じ野球部でも岩田とは違って真面目《まじめ》かつ謎《なぞ》のリーダー感を出してくる安田《やすだ》がキレた事でダッシュが始まった。割とマジ、あれがなかったら普通に間に合わなかった。サンキュー安田。お山の大将気取りで近寄りがたかったけど、これからも遠くから応援《おうえん》してるぜ。

「はぁ……暑《あ》っち——あれ、一ノ瀬さん。なに書いてんの？」

「——ぁ……佐城くん、えと。その、なぞなぞを、考えてて……」

タオルで汗《あせ》を拭《ふ》きながら教室に戻ると、一ノ瀬さんが壁際《かべぎわ》に座ってなぞなぞの内容を考えていた。既にいくつか考えてるのか、紙に書き出しているようだった。よく本読んでるし、結構レベルの高いなぞなぞを思いつくんじゃねぇかな……どれどれ。

【天保《てんぽう》の大飢饉《だいききん》が起こる直前、夏の前のナスをかじって秋の味がしたことから、その年が冷夏《れいか》になるといち早く察知し、冷害に強いヒエを村人に植えさせて村の飢饉を防いだとされる江戸《えど》時代の農政・思想家は誰か答えよ】

「いや設問」

なぞなぞじゃねぇ。や、謎は確かに深まるけど。

そういう事じゃなくね？　クイズ王決める番組で東大卒の人が答えるやつじゃん。もう最初の二文字で脳みそが停止したんだけど。たぶんターゲットは中学生とか親子とかだから……こう、正解したところで知識とか何も得られない感じの中身ペラなやつをさ……こんなの出したらそれこそ古書店に来るような高等遊民《こうとうゆうみん》が集まっちゃうよ……。

「その……だ、だめかな……？」

「たぶん、誰も答えられないんじゃないかな……」

「あぅう……」

「あーっ！　佐城くんが深那《みな》ちゃんいじめてる！」

落《お》ち込《こ》ませないよう、可能な限り優《やさ》しく諭《さと》したつもりだったけど、そうは問屋が卸《おろ》さないらしい。すぐに白井さんから指を差されて大声で非難された。

「はなれろー！　はなれろ男！」

「いや男て」

何その急なフェミニズム。一ノ瀬さんは君らの何なの。何で同じ女子同士なのに一ノ瀬さんはオタサーの姫《ひめ》みたいになってんの？

白井さんから背中を押《お》され引き離されながら振り返ると、一ノ瀬さんがくすっと笑ってこっちに小さく手をふりふりしてた。俺は死んだ。

◆

昼休みはクラスから離れて文化祭実行委員会の手伝いだ。夏川や佐々木みたいな普通の実行委員はお休み。そもそも昼と放課後の時間を毎日拘束《こうそく》するとかどこのブラック企業《きぎょう》だよ。せっかく夏川がクラスのみんなと話すようになったのに、また離れ離《ばな》れなんてそんなのはあんまりだ。夏川はもっと他の女子たちとキャッキャすべき。見せてくれ、夏川の本気をッ……！

そんな淡《あわ》い期待を胸に、ノートパソコンの入った鞄《かばん》ごと持って立ち上がる。

「――え……？」

「あ、夏川。この席、自由に使って良いから」

「え、あっ――」

いつもよりズシッとした鞄の重みも、夏川のお見送りによってモチベーションに変化する。終わったら変わらず同じ席で出迎《でむか》えてくれるのだからこんなに幸せな事はない。

現在、剛先輩《せんぱい》と交代制で仕事の整理《せいり》整頓《せいとん》を進めている。今日も朝から花輪先輩が管理しているチームが仕事を進めてくれているはずだ。この昼休みの時間を使って、放課後に実行委員のみんなが直ぐに現在の進捗度《しんちょくど》を確認《かくにん》できるようにしておく必要がある。そんなものの確認に時間を取らせるわけにはいかない。

実行委員会の教室周辺に剛先輩が居なくて安心した。不意に出会うとワックスで固められた髪《かみ》に反射した日の光に目をやられる事がある。もっとソフトなの使ってくんねぇかな……小バエ程度なら焼き殺せんだろあれ。

「あっ……そりゃそうか」

着いたものの、教室の鍵《かぎ》が開いていなかった。本来は誰も使わない予定なのだから当たり前だ。職員室まで鍵を取りに行くか……面倒《めんどう》すぎるな。

「……あ、そうだ」

前回、結城《ゆうき》先輩と剛先輩の三人で集まった渡《わた》り廊下《ろうか》に向かう。剛先輩いわく、そこならこのパソコンと連携《れんけい》済みのWi-Fiが届くらしい。校舎との出入口近くで、良い感じにそよ風が吹き流れる場所で涼《すず》しい。しかもずっと日陰《ひかげ》なおかげで、コンクリートがひんやりとしていて気持ち良かった。

「さて、と……」

右足を左膝《ひだりひざ》に乗せ、その上にパソコンを乗せて起動する。ちゃんとネットが繋《つな》がってる事を確認して、花輪先輩のチームのサーバーにつながるフォルダを開いて中身を確認する。さらに今日の日付が名前になってるフォルダに入ると、『完了済《かんりょう》』と頭に付いたファイルがずらりと並んでいた。あれだけアナログな手作業で時間がかかっていたものが大量に仕上がってるのを見ると少し気持ちが良い。

ファイルを一つ一つ開いて全部の項目《こうもく》が埋《う》められてるのを確認する。終わったファイルから『確認済』フォルダに移動させて行く——の繰《く》り返し。『完了済』ファイルの数が多いほど苦労するものの、これはこれで嬉《うれ》しい悲鳴に違いなかった。何よりれっきとした社会人が編集したファイルを俺が確認していくのが良い。謎の優越感《ゆうえつかん》が湧《わ》いてくる。

「——な、何でニヤニヤしてるの……？」

「えっ、マジ？」

思わず両手で自分の顔に触《ふ》れて確認してしまう。どうやら指摘は間違っていないようだった。俺は人気《ひとけ》のない場所に一人で座ってニヤニヤと笑っていたらしい。

いや違うんだよ。どうせしなくちゃいけないものなんだからさ、淡々《たんたん》と進めて行くよりは、どっかに楽しさを見出《みいだ》した方がモチベ的にマシじゃん？　べ、別にエロサイト見てたとかじゃねぇからな！　そもそも学校の回線でそんなサイト繋いだら一発でアウトだし！

剛先輩どころか姉貴にシメられるわ！

――って、

「……え？　な、夏川？　何で？」

「あっ、え、えっと……」

「……？」

俺以外誰もいないはずの場所。本来なら他の生徒は教室や食堂、売店に集中してるはず。夏川も、昼は仕事が無いから今頃《いまごろ》は芦田あたりと弁当を広げているものだと思っていた。そんな、居るはずの無い存在が視線を上げた先に立っていて困惑《こんわく》してしまう。

もしかして、今日も実行委員会の集まりがあるって勘違いした……？

「あーっと……今日は放課後だけみたいだぞ？」

「し、知ってる！　知ってるわよっ」

「あ、そう……なんだ」

「……」

「……」

……………ぇぇ……。

え、何この感じ？　何を言えば良いんだ？　ていうかそもそも何でここにいらっしゃる？

お、落ち着け俺っ……！　冷静に状況《じょうきょう》を見極《みきわ》めろ、お前ならできる。追いかけ続けて早二年半、いったいどれだけ夏川と接してきたと思ってるんだ。夏川検定があったら準二級くらいはとれているはず。自分を信じろ。

「──ん？」

ふと夏川の手元を見て、ある事に気付いた。

「弁当の包みを持ってるって事は……誰《だれ》かと待ち合わせしてて、向かってる途中《とちゅう》？」

「えっ⁉　あっ、こ、これは……その、違くて……」

「？」

サッ、と隠《かく》すように弁当の包みを後ろに回す夏川。その際にひらりと揺れたスカートに目を奪《うば》われかけたもののどうにかグッと堪《こら》えることができた。右目だけ。

「──し、仕事してるかと思って……その、私も、って……」

「仕事……？　仕事って……や、だから今日は放課後──」

「そっちじゃなくてっ……！　あ、あんたが仕事してるかもって思って……鞄、持って行ってたから」

「……まぁ、そうだな」

実際、こうしてノートパソコンを立ち上げてネットつないでまでやってるし。間違ってはいない。間違ってはいないんだけど、それでも夏川がここに居るのはおかしい。俺が仕事をすることで夏川もしないといけない決まりなんて無いし。そんな決まりがあったらいの一番に佐々木にやらせている。

「実行委員会の教室かと思ったら……違くて。ちょっと探してみたら、すぐ近くにあんたが居て……」

「いや、まぁ……俺一人のために鍵貸してくれないだろうし。いやてか……俺が仕事してるからって別に夏川もする必要無いけど？」

「だ、だってっ……あんたは本来やらなくて良いのに……」

「そりゃそうだけど……俺が自分で決めたことだから。夏川は何も気を遣《つか》わなくて良いんだって。どっちかっつーと、俺は生徒会側の立場だから」

「そう、だけど……」

「……」

夏川愛華《あいか》。俺の知る〝女神《めがみ》〟の側面。その中でも任された仕事というか、役割を全《まっと》うする責任感は強いと思う。今でこそ遊ぶ金欲《ほ》しさにバイトしたりする俺だけど、中学の頃に初めてバイトをしたときの動機は、夏川に人として見合った人間になりたかったからだ。言わば、自分磨《みが》きのためだった。

でも結局、並び立つのに必要だったのは〝元から在るもの〟だと気付いてしまった。容姿、才能、学習能力に運動神経。それら全《すべ》てが最初から夏川に備わっていたとは流石《さすが》に思ってはいないけれど。もちろん努力だってしていると思っているけれど。それでも、俺ではそこまで辿《たど》り着けないことに気付いてしまった。追いかけ続けるのが〝つらい〟と、そう思ってしまったから。

これ以上、俺の目の前で輝《かがや》きを増さないで欲しいと、ついそう思ってしまう。あまりにも眩《まぶ》しい。

「えっと……渉《わたる》、お昼は？」

「……え？　あぁ、これ終わったら、テキトーに……」

「〝テキトー〟って……準備してないの？」

「いや？　ほら、ここに」

鞄の中にあるビニール袋《ぶくろ》を引っ張り出す。今朝にコンビニに寄って買った菓子《かし》パンだ。見えないけど、ノートパソコンと一緒《いっしょ》に入れてたせいで半分くらい潰《つぶ》れてしまっている気がする。味が変わらなければ特に問題はない。

「またそれ……あんた、入学直後はお弁当だったじゃない」

「あ、あー……いやほら、ちょっとお野菜が多めだったっていうか？　立て続けに残してたらお袋《ふくろ》、キレちゃってさ」

キレるってか、これでもかってくらいの嫌味《いやみ》だったけどな。返す言葉も無かったわ。おまけに姉貴からガキ扱《あつか》いされて踏《ふ》んだり蹴《け》ったりだった。好き嫌いの多い俺が悪いんだけどさ。テンション下がる食事とかやっぱり嫌だし。

「……」

「あ……えっと、夏川、さん？」

さっきまで気遣《きづか》わしげだった夏川だけど、弁当が菓子パンに変わったくだりを説明すると急に黙《だま》り込んで細めた目を向けてきた。おっと、様子が変わりましたね……何だか地《じ》雷《らい》を踏んでしまった様な気がする。そういや夏川ってお姉ちゃんだったな……愛莉《あいり》ちゃんにピーマン食べさせるために色々試行錯誤《しこうさくご》してそう。藪蛇《やぶへび》じゃん。

「あの――」

「ピーマン……嫌いなんだ？」

「あ、はい」

「そう、なんだ………何で？」

「苦くて……」

「じゃあ……ゴーヤとかも？」

「あ、うん……」

「ふーん……」

「……」

「……」

誰か助けてください。

さては夏川、食に厳しいな？　いくら愛莉ちゃんに甘《あま》いといえども、そこに関しては厳しくしていると見た。久々に侮蔑《ぶべつ》の目を向けられたぜ。最高の気分だ。さぁ、仕事を再開しよう。

「……」

「え——」

逃《に》げるように視線を切ると、離《はな》れて行く予定だった影《かげ》が近付いて来た。

スッ、とやや間隔《かんかく》を空けて左隣《ひだりどなり》に座《すわ》った夏川。膝の上には可愛らしい包みの弁当箱が置かれている。対し、俺の膝の上のパソコンは空気を読むかのようにスリープ状態に移行した。待て、寝るな、起きろ。

未曽有《みぞう》の状況に頼《たよ》りの機械知性は眠《ねむ》りについてしまった。慌《あわ》ててロック解除しようとすると、焦《あせ》りでパスワードを一回間違《まちが》えてしまった。これはヤバい。

いったん状況を整理して落ち着こう。

夏川は俺に仕事をさせるのが申し訳なく感じた　↓優しい
だからせめて同じように自分も仕事に参加しようとする　↓真面目
教室が開いてなかったからちょっと辺りを探す　↓何で？

好き嫌いはダメ　↓ごめんなさい
俺の隣に座る　↓何で？

後半に一部謎が残ったけど、つまりは夏川が女神であるという事だ。そんな彼女《かのじょ》に必要以上の手間を掛《か》けさせるわけにはいかない。ぶっちゃけ俺と二人だけの空間とか無理させるだけだろうし。

「いや、夏川……？　場所も場所だし、残んなくて良いよ？　仕事っつったって、俺一人でするやつだし」

「え……」

「あいや、その……掛かりきりになるからさ。そんな喋《しゃべ》ったりとかもできないかなって……ほら、悪いし」

俺のポリシー上、夏川を放ったまま仕事とか論外だし。できれば教室に戻《もど》って誰かと楽しい時間を過ごしてほしい。夏川を求めてる生徒はたくさん居るはずなんだから。

「……だ、大丈夫《だいじょうぶ》……」

「あ、そうなの……」

……え、大丈夫ってなに？　どういうニュアンス？

言われなくても戻るってこと？　それとも別に喋んなくても良いって？　お気遣いなくってこと？「頑張《がんば》って堪《た》えるから！」とかだったら涙《なみだ》でマウスカーソル影分身なんだけど。どうすれば良いのよ……。

動揺《どうよう》を隠せないままパソコンのロックを解除する。今度は奇跡《きせき》的にパスワードを間違えなかった。集中できないながらも作業の内容を忘れないようにしつつ手を進める。えっと、冷静さを欠いて変なとこ触《さわ》ってないよな……念のため『確認済』フォルダをもう一回開いて──っと。

「……こんなことやってるんだ」

「お、おう……」

横から画面を覗《のぞ》き込むように見る夏川。垂れた髪先が俺の肩《かた》に掛かってふわっと甘い香《かお》りが伝わって来た。きっと俺の命はここまでなのだろう。

「…………！」

隣でシュルッと弁当の包みを開けた夏川。待ってくれ。喋んなくても大丈夫とかそういう問題じゃない気がする。隣に夏川が居るだけで集中できないんだけど。冷静に考えてこんな可愛い子、ましてや好きな相手と二人っきりで別の作業に集中できるとかどんな野郎だよ。修行僧《しゅぎょうそう》かよ。

アレだよアレ。今こそ夏休み前に四ノ宮《しのみや》先輩の家の道場で学んだことを活《い》かす時。頑固《がんこ》くさい爺《じい》さんだったけど言ってることは確かにそれっぽかった。今こそ心頭滅却《しんとうめっきゃく》する時。

——ハァァァァ……ッ！

『渉、あ～ん………』

『あ～ん……』

おいそこ代われ俺。

てめっ、なに夏川から玉子焼き〝あ～ん〟してもらってるわけ？　リアルの俺を差し置いてそんなことが許されると思ってんの？　内なる俺だからと言ってやって良いことと悪いことがあんのよ？　なにノリノリで大口開けてんだよ汚《き》ったねぇな歯医者行ってマウスウォッシュしてから出直してこい。

「わ、渉……」

「ん、なに──え？」

憎悪《ぞうお》を膨《ふく》らませながら手を動かしてると、突然《とつぜん》夏川に呼ばれた。何の意識もせず左を向くと、夏川が左手で受け皿を作りながら箸《はし》で俺の目の前に何かを差し出していた。

「え、ちょっ、なに」

「て、手止めなくていいからっ。く、口だけ開けてっ」

「えっ⁉　なに⁉　コレなに⁉」

「い、良いから！」

近過ぎて何を差し出されてるのかわからない。緑っぽいものであることはわかった。慌てて訊いてみたものの、夏川は答えてくれず、急《せ》かすように箸の先を俺に近付けた。

「もうっ！　早くっ……」

「あ、あっ、む！」

ちょっと怒《おこ》り気味っぽく言われたから慌ててそれを口で咥《くわ》える。何かが口の中に入った。焦っているからか、それを舌の上で転がしても何かよく分からなかった。ちょっと硬《かた》めのものってことはわかった。奥歯《おくば》で噛《か》んでみて、ようやくその正体に気付く。

「…………………これ、ゴーヤ？」

「………どう？」

「うッ……苦いような、苦くないような…………」

「苦くないっ」

「……やっぱりちょっと――」

「苦くないっ」

「んぐっ……」

シャク、シャク、なんて食感が音になって口の中から耳に伝わる。愛莉ちゃんも食べられるように頑張ったみたいだけど、素材の味を消すのはそう簡単には行かないみたいだ。噛めば噛むほど、ゴーヤ独特の苦味がほんのりとだけ奥《おく》の方から広がって来た。夏川が暗示をかけるように苦くないと呼びかけて来る。

幾《いく》ばくかの咀嚼《そしやく》の末、何とか呑《の》み込む。思わず泣きそうな顔になって夏川を見ると、満足そうに微笑《ほほえ》む顔があった。

「ふふ、食べれるじゃない」

「なんでぇ……？」

「パンだけじゃ栄養が偏《かたよ》るでしょ？」

「にがい……」

「もうっ……ダメじゃない、そんなんじゃ」

仕方ないわね、なんて続けて夏川はクスッとはにかんだ。おかしい……ときめいている。ここは苦くて嫌いなものを食べさせられて怒るところでは？　もう可愛く見えて仕方ねぇんだけど。愛莉ちゃんと立場替わりたすぎてヤバい。これはヤバい。

「仕事。するんでしょ？　続き、しないの？」

「ちょ、ちょっと待って……次のゴーヤスタンバイするのやめてくれませんか？　せめて一緒に交ざってる玉子も絡《から》めて——」

「こっち見ないっ。パ・ソ・コ・ン」

「う、うっ……」

「はい、次」

画面に目を戻す。少し手を動かすと、「口を開けて」とまた促《うなが》される。淡い期待をしてそれをパクッとくわえると、案の定さっきと同じ苦味が口の中に広がった。何とか噛んで呑み込むと、もう一回差し出された。咥《くわ》えて咀嚼するとやっぱり苦かった。何とか呑み込む。にがい……せめて玉子が欲しい。ゴーヤチャンプルーに交ざってるスクランブル状の欠片《かけら》だけでも良いのよ。それだけで口の中が幸せに——幸せに？

「………」

え、俺いま何やってる？　むしろ夏川が何やってる？　え、今のってアレだよな？　音に聞こえし〝あ〜ん〟という御業《みわざ》ではなさらなかったか？　なに嫌そうな顔で何度もパクッと咥えちゃってんの？

「……」

「ふふ、もう無くなったわよ」

いや、夏川さん？　この上ない位のその自然体は何なの？　一連の行動に恥《は》ずかしさとか気まずさはないのですか？　それに値する程《ほど》の相手ではないって事かい？

ただ可愛いんだけど。俺だけ？　俺だけが意識しまくってこんなに動揺してんの？　いくら何でも意識されなすぎじゃない？　俺どんだけ異性と思われてないの？

「うう……」

もう何が何やらで悶《もだ》えまくりなのに、二重の意味でほろ苦い。バッグのビニール袋から小サイズのお茶を取り出して口の中をすすぐ。苦味の後のお茶はただただ渋《しぶ》かった。

「仕事する……」

「もう、悪かったわよ」

まぁ、フラれて嫌《きら》われた関係から持ち直してここまで来られただけでも御《おん》の字《じ》か。たとえ異性として意識されなくても、夏川の弁当を分けてもらえるなんてこの上なく贅沢《ぜいたく》な話だし。こんな事でショックを受けていたらこの先やって行けない気がするわ……気を取り直そう。仕事しよ。

「──あっ……」

「『あっ』？　どうかした？」

「へっ……!?　あ、ううん！　な、何でもない！」

「そう、か？」

弁当の中身でも落としたかな、と思ってパソコンの手を動かしながら下を見る。俺一人だけ意識して挙動不審《きょどうふしん》になるのも馬鹿馬鹿《ばかばか》しい。夏川のスカートからのぞいてる膝《ひざ》を見ないようにしながら確認するも、特に何かが地面に落ちていたりはしなかった。

「……？」

はて、と夏川の方を見ないようにしながら思う。何やら夏川の手が箸を持ったまま動いていないような気がする。俺にゴーヤを与《あた》えるだけ与えて、自分は何も食べないつもりか？　あ、もしかして仕事をする俺に遠慮《えんりょ》してるとか？

さすがにそれは、と思って様子を窺《うかが》うと、夏川は箸で摘《つま》んでいる玉子焼きを凝視《ぎょうし》しながら微動《びどう》だにせず固まってた。

「えっと、夏川？　俺に遠慮せず、食べてどうぞ？」

「え!?　あ、え、えっとっ、その！」

「え、なに。どしたの」

「あ、あとは教室で食べるっ！」

「えっ」

慌てて片付ける夏川。あっという間に弁当箱を包み直すと、それを両腕《りょううで》で大事そうに抱《かか》えて教室の方に戻って行った。一瞬《いっしゅん》の出来事で思わず呆《ほう》けてしまう。あの慌てよう、もしかしたら俺と一緒にいる場合じゃないくらいの約束でもあったのかもしれない。

何とも苦くも夢のような時間だった。これを一つの経験として大人へと向かって行こうではないか。

その後の仕事は滞《とどこお》りなく進み、五限目が始まるまでに終わらせることができた。

EX2 ❤❤ ひな鳥の来訪

文化祭準備に追われる今日《きょう》この頃《ごろ》。忙《いそが》しさは増すばかりだと言うのに、まるで国民の義務かのように普《ふ》段《だん》の授業は続いて行く。文化祭実行委員会だけでなく、クラスの出し物の仕事も割《わ》り振られているため、小市民もとい小学生……あれ、何故《なぜ》ショタに。じゃなくて、大それた存在じゃない俺は心の余裕《よゆう》がイマイチ保てていない。学校行事どころかアルバイトまでやって勉強も両立させている一ノ瀬《いちのせ》さんはマジですごいと思う。

「……」

唯一《ゆいいつ》の癒《いや》しがあるとすれば、俺の後ろでサラサラとシャーペンを走らせる夏川《なつかわ》の存在だろうか。色々あって気まずい関係なはずなのに、まさか想《おも》い人が日中近くに居続けるのがこんなにも嬉しい事だとは思わなかった。女神のようなご尊顔《そんがん》を程よい距離《きょり》感で眺めることが出来なくて残念という思いはあるものの、これはこれでまた一つの愉《たの》しみ方があると言うべきだろう。うむ、今ならじっとしてるだけで警察に捕《つか》まることが出来そうだ。夏川が俺の後頭部を見つめてると思うだけで捗《はかど》らなくなる、板書が。

「はい、じゃあ次ー」

う、うぉぉぉぉっ……!?

走らせていたペン先をさらに急がすも無念、俺の書きかけのノートは『日明貿易《にちみん》を始めた夏川は』で途絶《とだ》えることになった。『夏川は』じゃねぇよ。豪商《ごうしょう》の娘《むすめ》かな? 国家間つなぐ女子高生とか強すぎだろ。マジ結婚《けっこん》したい。

断腸の思いで消しゴムを擦《こす》り付けてから教科書を見て正解を探す。どうやら正解は『足利義満《あしかがよしみつ》』だったようだ。おい、夏川がこんなつるっつるな頭なわけねぇだろ。それでも俺は愛せる自信があるけどな! 応《こた》えてもらえるかは別として!

そうしている間も先生の口から放たれる詠唱《えいしょう》は止まることなく紡《つむ》がれて行く。机にしがみつくようにして黒板の内容を書き殴《なぐ》る俺はさぞ隙《すき》だらけな事だろう。今この瞬間《しゅんかん》に火球《かきゅう》でも撃《う》ち込まれたら攻撃《こうげき》されたことも気付かないまま果ててしまうのだろう。後ろの夏川だけはこの命に代えても守ってみせるっ……!

「ふむ、今日はこんなところかな」

そんな先生の言葉を皮切りに、教室の至るところから力が抜《ぬ》けるような吐息《といき》が聞こえて来た。まるで一戦を終えたかのようなムードにさすがの先生も「急ぎ足だったかな……」と苦笑いをこぼした。こぼすな、拾えこの野郎《やろう》。

時計を見ると気が付けばもう五十分を迎《むか》えようとしていた。板書の忙しい授業は時の流れを早く感じる。嬉しいんだか面倒なんだかもうよく分かんねぇな。

鼻をぐすりと擦《こす》ったタイミングで手の小指側の側面が真っ黒けになってることに気付いた。やっぱり嬉しくなんかない。のんびりと外の景色でも眺《なが》めていられるくらいの授業がちょうど良いや。日本史とかなら偉人《いじん》の肖像画《しょうぞうが》に落書きできるくらいがベスト。足利義満の頭をフサフサにする時間くらい寄越《よこ》せと思ってもバチは当たらないだろう。

「――気を付け、礼」

「ありゃざーしたー」

あー、終わった……と思うままに椅子《いす》にぐでんと座る。天井《てんじょう》に顔を向けて心と体のエネルギーを温存していると、頭の先につん、と何かが当たり、冷やりとした感触《かんしょく》を覚えた。

「……つむじ」

「……」

「あっ……」

……可愛《かわい》いのかな?　※世界への問題提起
感触から察するに、いま俺《おれ》のつむじに触れているのは夏川のシャーペンのノック部分だろう。そんな事はどうでもいい。問題なのは夏川がどうして急に俺のつむじに興味を持ったのかという事だ。まさか自分のつむじに負ける日が来るとは思わなかった。俺単体も夏川から興味を持たれたい。

つい俺のつむじに好奇心《こうきしん》をそそられてやってしまった行動だったのか、振《ふ》り向いた先でシャーペンを構える夏川は恥ずかしそうにして謝《あやま》った。

「その、ごめん……」

「や、別に——」

「そこ……あんまり触らない方が良い、のよね」

「待ってそれどこ情報?」

酷《ひど》く気まずそうに、正しいのかどうかも分からない謎の知識を展開されてさすがの俺もツッコまずには居られなかった。発信元が夏川のお父上《ちちうえ》でない事を切に願う。年頃《としごろ》の娘を持つ年齢《ねんれい》にもなると気苦労が絶えない事だろう。せめて平日の日中くらいは自らの頭皮をご自愛ください。

「……左巻きだった?」

「うん……」

「……そっか」

朝、姉貴がつむじの影響《えいきょう》で余計にチラ見えしてしまう頭皮を懸命《けんめい》に櫛《くし》で隠そうとしてる現場をよく見かける。そこで俺は自然と姉貴のつむじを目にするわけだ。姉貴のつむじは左巻き——どうやら俺たちは無事、血が繋がっているらしい。

授業と授業の合間はわずか十分。できることならこの場でノートパソコンを取り出して開き、少しでも夏川の負担を減らすために文化祭実行委員会の続きの作業をしたいと思うのだが……いかんせん微妙《びみょう》に時間が足りない。あったとしても教室でパソコンなんか触ってると山崎《やまざき》か誰かがからかいに来るだろうし、そもそも機密情報が多すぎる。どっか別の場所に移動してパソコンを起動する時間も含《ふく》め、せめて二十分は欲しいところだ。結果的に何も出来ないこのわずかな余白の時間がとてももどかしく感じる。せめてこのパソコンと俺のスマホを上手《うま》く連携できれば……待てよ？　確かオンライン会議に使うツールは学校のネットワークが要《い》らなかったような……。

パソコンとスマホでそれぞれ別のアカウントを持って、そのツール上でファイルを更新《こうしん》できる環境《かんきょう》を作ればこうした時間でも不自然にならずに作業を進められるかもしれない。ルール上はアウトかもしれないけど。

ちょっと、Wi-Fiの届く所へ……。

「——また、どこかでするの？」

「え？」

立ち上がり廊下に向かおうとしたところで夏川から尋《たず》ねられる。どこか気遣わしげな表情だ。俺が無理をしてるようにでも見えるのかもしれない。

ここで正直に答えるのも〝俺がんばってますよ〟アピールをしてるみたいで嫌だな……別に本当のことを言わずとも何かあるわけじゃないし、適当に誤魔化《ごまか》しておくか。

「や、トイレ行くだけ」

「でも、仕事のときの顔してた」

「え、顔？」

か、顔……？　え、俺って何か作業してるとき普段と違《ちが》う顔してんの？　初耳なんだけど。カッコいいのか？　それはカッコいいのかい？　そこ重要だぞ。

「……手鏡持ってる？」

「持ってるけど、今は普通《ふつう》の顔」

「ふ、普通……」

普通、か……効いたわ。夏川から俺の平凡《へいぼん》さを突《つ》きつけられることがこんなにも胸に突き刺《さ》さるとは……ふっ、教室の蛍光灯《けいこうとう》が眩しく感じるぜ。

「トイレ、行かないの？」

「……行ってくる」

「うん、行ってらっしゃい」

先ほどとは一転、夏川はくすりと微笑むと俺を丁寧《ていねい》に送り出してくれた──トイレに。

不思議かな、夏川から促されると本当に用を足したくなってきた。まさかあの微笑みに利《り》尿《にょう》作用があるとは思わなんだ。きっと俺の体質が変態すぎるだけなんだろう。大丈夫だ、俺の膀胱《ぼうこう》はあと二段階の進化を残している。

「──ふぅ……」

スッキリしてから、手洗い場で真っ黒けになった手もしっかり洗い流す。何だかんだ時間も過ぎてしまったし、実行委員会の仕事の続きはまた次の合間の時間にするとしよう。俺一人が抱えるものでもないんだし。根詰《こんつ》めすぎても良くないからな。休憩《きゅうけい》時間らしくのんびりとしますかね。

トイレから教室に戻っていると、廊下で後ろの方からパタパタと走るような音が聞こえてきた。誰かが急いでるらしい……道を空けておこう。

そんな事を思った瞬間、俺の目の前に小さな影が飛び出した。

「さじょー！」

「えっ」

「さぁーじょー‼」

「ええっ……⁉」

俺の目の前に突如《とつじょ》として姿を表した小さな影――愛莉《あいり》ちゃんは、こちらを指差しながら大声で叫《さけ》ぶと、くしゃりと表情を崩《くず》して俺の脚《あし》に縋《すが》り着いて来た。

「うぇぇぇぇぇっ……！」

「えっ、愛莉ちゃん⁉　何で⁉　何で⁉」

ただひたすらに驚《おどろ》いてると、愛莉ちゃんは大声で泣きながらぐりぐりと俺の体をよじ登って来た。慌てて持ち上げて夏川直伝の抱《だ》っこをして落ち着けようとする。

「あ、愛莉ちゃ――え？　ちょっとおっきくなった？　前こんなだったっけ？」

「うぇぇぇぇぇぇ……！」

抱っこした小さな体躯《たいく》が思ったより俺の腕《うで》からはみ出てしまう。心なしか前よりも少し重く感じる。前に会った時からもうすぐ二か月……どうやら俺は子どもの成長を甘く見ていたらしい。泣き虫なのはともかく。

「佐城《さじょう》くん」

呆然《ぼうぜん》としてると、愛莉ちゃんが向かって来た方向から担任の大槻《おおつき》先生が歩いてやって来た。今の俺の有り様に驚いてはいないようで、愛莉ちゃんの様子を見て苦笑いしている。

「夏川さんの妹さん……さっきまで泣いてなかったんだけどね。きっとずっと我慢《がまん》してたのね」

「はぁ。や、そうじゃなくて。これはいったい……」

「どうして佐城くんを見つけた途端《とたん》、一目散に駆《か》け出したのかも気になるところだけど」

「あっ、や、それは――」

「――愛莉⁉」

「ヴぇぇぇぇっ！　おねえぢゃぁんっ……‼」

何やら事の経緯《いきさつ》を知ってそうな先生と話してると、騒《さわ》ぎを聞きつけたのか夏川が教室から血相を変えて飛び出して来た。愛莉ちゃんを見て現実を疑うような顔をしている。「夢であれ」とでも思っているのかもしれない。まぁそうなるよな。

夏川は魔法《まほう》でも使うかのように鮮《あざ》やかに俺から愛莉ちゃんを奪い取ると、愛莉ちゃんに顔を近づけて抱っこしたままギュッと抱き締《し》めた。なるほど、今はそう抱っこするのか。

気を取り直して、我らが担任に目を向ける。

「えと、それで？　何で夏川の妹が？」

「実はね――」

◆

事の次第《しだい》はこうだった。

愛莉ちゃんの通う幼稚園《ようちえん》の建物が老朽化《ろうきゅうか》により急遽《きゅうきょ》補強工事が必要になり、今日は閉園だったそうだ。どうやらその間が悪かったらしく、夏川のお母さんはただでさえ人の代わりに出る予定だったパートを休むことができなかったらしい。当然、お父さんは毎日の仕事があるし、夏川には学校がある。そんなこんなでどうにかしようとしたわけだが、夏川とお母さんの間で話し合った結果、とある答えに行きついた。

——そろそろお留守番できないかな？

幸いにも閉園を知ったのは昨日——日曜日の朝だった。夏川はお母さんとともに愛莉ちゃんに『インターホンに出てはいけない』などのお留守番の心構えを徹底的《てっていてき》に教《おし》え込《こ》み、万全《ばんぜん》を期して今日を迎えたとのこと。愛莉ちゃんは今朝まで自信満々だったらしく、夏川もあまり心配する事なく「頑張って！」と一言告げて普通に学校に来たそうだ。

が、どうやらそれはまだちょっと早すぎたらしい。

愛莉ちゃんはお母さんがパートに出てすぐに寂《さび》しくなり、自分でお着替《きが》えをして家を脱《だっ》出《しゅつ》。鍵《かぎ》を持っており、愛莉ちゃんの「お庭の方に回した」という証言から、どうやらしっかりと施錠《せじょう》はしてきたらしい。

そこからが大冒険《だいぼうけん》。夏川は雨の日などにしばしば車の送迎《そうげい》で学校に来ることがある。そこによく愛莉ちゃんも同乗しているらしく、梅雨《つゆ》の時期を経てこの鴻越高校《こうえつこうこう》までの道を覚えたらしい。

自分の記憶《きおく》を頼りにトコトコと通学。「シンゴーでちゃんとおててあげたもん！」と泣きじゃくりながら言う幼児にはあまりにもな飛び級だった。道中では泣くことなく気丈《きじょう》に振る舞《ふま》っていたためか、誰かに声を掛けられることは無かったらしい。とはいえ、今の様子を見るにかなり心細い思いをしながらやって来たことは察するに容易《たやす》い。

何とかこの学校に着いた愛莉ちゃんは喜色満面の笑《え》みを浮《う》かべていたらしい。そんな幼児が校庭でにぱっと笑ってる姿を窓の中から目撃《もくげき》した職員室の先生方は阿鼻叫喚《あびきょうかん》。女性職員数名ですっ飛んで行き、保護したらしい。

メンタルケアに優《すぐ》れた養護教諭《きょうゆ》の新堂《しんどう》先生が優《やさ》しく事情聴取《ちょうしゅ》。そこでダイナミック登校した幼児が一年生の夏川愛華《あいか》の可愛い可愛い妹だと判明したとのこと。担当生徒の妹だと知った大槻先生はちょっとワクワクしたという。おいこら。

「ばか！」

「ふぇぇぇっ……！」

騒ぎで色んな生徒に目撃された俺らは場所を変え、そこで初めて激おこの夏川を目撃することになる。高校生になった今だからこそ分かる、愛情ゆえの怒鳴《どな》り声《ごえ》。愛莉ちゃんが泣いても夏川はお構いなしのようだった。あまりの迫力《はくりょく》に大人であるはずの大槻先生がおろおろとしていた。俺？　惚《ほ》れ直したね。

そして、次の授業があるため俺は一足先に教室に戻っていたのだが……。

「……くすん」

「……」

偶然《ぐうぜん》にも英語担当だった大槻先生の授業。夏川たちも戻って来たのだが、こっ酷《ぴど》く絞《しぼ》られた愛莉ちゃんは先生の配慮《はいりょ》でどこかから持って来た椅子を夏川ではなく俺の横にくっ付けてぎゅっと強く俺の制服を握《にぎ》っていた。どうやら自分を強く叱ったお姉様の近くに居たい気分ではないらしい。俺も幼い頃《ころ》に身に覚えがあるから気持ちが分からないわけじゃないけど……。

「………………」

「……ふん」

ふぇええ、怖《こわ》いよぉ……。

背後から感じるシスコンの圧に俺が泣きそうだった。様子を窺おうと隣を見て気づく。ニヤニヤした顔の芦田《あしだ》とその他《ほか》ほぼ全員の面白《おもしろ》がるような視線に俺のつむじは頭皮の露出《ろしゅつ》

面積が拡《ひろ》がりそうだった。

「……んぅ」

「あっ……」

ぽてっと横に倒《たお》れた愛莉ちゃんは俺の膝に頭をダイブ。まさかのおねむですか⁉ と思いきや、俺の膝から前を向く愛莉ちゃんの小さなお口は尖《とが》っていた。どうやら不貞腐《ふてくさ》れているらしい。あぁ……わかるなぁ……。

謎《なぞ》の抵抗《ていこう》感を持った愛莉ちゃんはおもむろに俺の机から日本史の教科書を取り出すと、絵本のように開いて読み始めた。色んな写真が載《の》ってるからな。本文が読めなくても楽しめる要素はあるだろう。会う度《たび》に全力でぶつかって来るのは困りものだけど、こうして大人しく膝枕《ひざまくら》してる分には可愛いもんだ。

「愛莉ちゃん、後でお菓子でも買いに行こっか」

「甘やかすな」

「うっす……」

夏川の低めの声とともに、周囲からクスクスと笑いが飛んだ。

5章 ♥ 今さら、前へ

文化祭実行委員会の体制変更《へんこう》から一週間。余計な手間を無くして進めた作業は好調に進み続けた。そもそも前と比べるとモチベーションが違うんだわ。ゴールが見えているのと見えていないのとでは一人一人の動きが変わって来る。

山の頂上を過ぎ、麓《ふもと》が近づいて来たくらいから実行委員会の首脳陣《しゅのうじん》と剛先輩《ごうせんぱい》と俺とで最終チェックを行った。完成した書類やデータに誤字や書き損じみたいな不備がないか確認《かくにん》する。一年坊主《ぼうず》の俺だけ明らかに場違《ばちが》いな気はするものの、剛先輩の金魚のフンに徹《てっ》してたのが功を奏したのか特に何か言われることは無かった。

そのお尻《しり》――ずっと離さない。

「書類関係――――ぜんぶ終わりましたっ!!」

「よっしゃーッ!!」

副委員長の木村《きむら》先輩が嬉《うれ》しそうに両手を挙げた。その後に三年の先輩たちが珍《めずら》しく雄叫《おたけ》びを上げていた。興奮のあまり今にも脱《ぬ》ぎ出しそうな始末だ。絶対にやめろ。

視線の先には教室の後ろでピッチリと並んだ印刷物。一枚ずつじゃない。全学年の全教室向けに配付する資料や指示書が束になって置いてあった。あとタスクとして残っているのは進行中で待機中のもののみ。

「みんなっ……ありがとうっ！　ありがとう……！」

「ちょっ、泣かないでよ智香《ともか》」

委員長の長谷川《はせがわ》先輩はまさかの涙。顔を両手で覆《おお》う先輩を木村先輩が慌てて宥《なだ》めていた。

思えば体制変更から長谷川先輩は顔を青くしながらもひたすら作業を続けていた。組織のトップなのに委員会を窮地《きゅうち》に追い込んだ一端《いったん》になった事にずっと責任を感じていたんだろう。まぁそもそもの理由がアレだったたし、それで然《しか》るべきなのかもしれないけど、それでもスゴいと思う。俺だったらたぶん罪悪感とストレスで毛量半分になってただろうし。これも恋《こい》の力なのかね……ある意味花輪《はなわ》先輩も業《ごう》が深いよな。

仕事が完全に無くなったわけじゃないけど、終わらせておくべきものは終わらせた。これで昼休みや放課後にまで無理して集まる必要も無いわけだ。長谷川先輩辺りは仕事が残ってる事よりもそっちに安心しているかもしれない。めっちゃ自分を責めそうなタイプだし。

「ねぇねぇ！　久しぶりにカラオケ行こうよ！」

「行こ行こ！」

区切りの良いタイミングで今日は解散になる。今後は学校がカリキュラムの間に挟《はさ》みこんだ文化祭準備の時間だけでどうにかなりそうだ。俺はと言うと補佐《ほさ》だのなんだのと言って右往左往してただけのような気がするけど、まぁ結果オーライって事で。最終目標の『文化祭に間に合わせる』以上の成果は出せたんじゃないか。

ワンテンポ遅《おく》れて実感が湧《わ》き、ホッと胸を撫《な》で下ろした。

「渉《わたる》。悪いが……」

「細かい後処理とかですよね。いつもの事じゃないっすか。むしろ今回ばかりは嬉しい悲鳴っすね」

「頼《たの》む」

最低限のノルマはこなしたとはいえ、今回の対応は外部の組織を巻き込むかたちで成功させた。特に花輪先輩方面の今後の動きの把握《はあく》と生徒会への報告、その他、情報共有は剛先輩と俺の役目だ。直ぐに帰れるなんてそもそも思ってない。

「やったなっ、夏川《なつかわ》！」

「うんっ……！」

夏川と余計なのを見ながら思う。〝俺の最終目標〟は達したも同然だけど、まだ港に着くには程遠《ほどとお》い。乗りかかった船から降りるにはまだ足場が無い状況《じょうきょう》だ。ここからは生徒会側が正念場になる。バイトをしてた時の経験則からここでブッツリ切り捨てようとは思わない。つってもメには間に合っているから、俺がガッツリ手伝う必要はねぇよな。そこはいい加減遊ばせて？　ＲＰＧを中断して時間置くのモヤモヤするのよ……。

「サクッと出ますか。俺らが残って作業しても気を遣《つか》わせるだけだろうし」

「ふむ、そうだな」

まだ終わってはいないものの、打ち上げムードなこの教室内の片隅《かたすみ》で俺らだけパソコンをカタカタしていても仕方ない。場所を変えよう。

◆

「――ふぅ」

「本当に、手伝ってくれてありがとね。弟クン」

「えっ」

生徒会室。姉貴と言葉でチクチク小競《こぜり》合いしながら仕事に一区切り入れると、放課後では久しぶりに学校側に来てる花輪先輩が話しかけてきた。珍しい、個人的に花輪先輩は姉貴の弟の俺に対してもどこか〝佐城楓《さじょうかえで》に近しい男〟みたいな感じに一線引いてたイメージなんだけど。まさかお礼の言葉なんて。

「くすっ……俺がこんな事言うのは意外だったかな。まぁでも、今回ばかりは本当に助かったから。さすが楓の弟クンって感じにね？」

「う、うす」

「蓮二《れんじ》がアタシを褒《ほ》めたことなんて無いでしょ」

「褒めてるよ？　楓が気付いてないだけ」

「はぁ……」

　余裕そうにニコニコする花輪先輩に溜《た》め息《いき》を吐《つ》く姉貴。今までに何度もこの感じの攻撃《こうげき》食《く》らってんだろうな。イケメンなのに惹《ひ》かれない気持ちも何となく解《わか》る気がする。俺的にも先輩としてはアリだけど友達としてはきついかもしれない。優しげな表情を貼《は》り付けながら弄《いじ》り倒されて潰《つぶ》れそうだ。

　とは言っても、実際に褒めてくれたって事はマジで花輪先輩的にも今回のはヤバかったんだろうな。ずっと微笑み続けるなんて自然体なわけがないし、「弱みを見せたくない」って言っているようなものだ。〝惚れられた責任〟なんて訳の分かんない理由でめっちゃ先陣《せんじん》切ってくれたけど、結城《ゆうき》先輩と剛先輩の調査書に『花輪蓮二』って名前が載った以上、それは汚点《おてん》という意味での隙だったのだろう。これで文化祭がめちゃくちゃになった日には、誰《だれ》にその調査書を見られるかわからなかったのだから。

少しだけ、その〝責任〟の意味が理解できた気がした。

「渉。後は俺だけで大丈夫《だいじょうぶ》だ」

「お、マジすか——って、明日から俺どうしましょ？」

「そもそもアンタはクラスの準備があるでしょ。この辺で引きな」

「それもそう、か……」

お役御免《ごめん》、なんて言い方は悪いけれども、ちゃんと報酬《ほうしゅう》として結城家お手製の豪華《ごうか》なお食事をいただいているから文句はない。ていうか舌が肥え始めているのがわかる。最近コンビニのもの買う気出ねぇんだよな……顔も知らない結城家のシェフに胃袋《いぶくろ》つかまれてるんだけどどうすりゃいい？　結城家で下働きでもすればまた食えるか？　あれ……何か金払《ばら》い良さそうじゃね？

アホな事を考えつつ、生徒会室を出る。

「んじゃ、あとお願いします」

「お疲《つか》れ」

——何にせよ。もう昼休みと放課後に仕事をしなくて良いわけだ。夏川ももう苦しまずに済むし、サッカー部の先輩とのわだかまりも徐々《じょじょ》に無くなりつつあるらしい。もう変なトラブルは起こらないだろ。そういう意味でも、俺の目的は達成されたし本当にお役御免ってわけだ。

でも……。

「……まぁ、しゃーないわな」

途中《とちゅう》で抜けるって、割と変な感覚が残るんだな。ここまで来たのなら後の仕事なんてそんなにややこしいものでもない気がするし、最後まで手伝って全部終えた達成感的なテンションで「ウェーイ！」ってしたかったかもしれない。でも実際、俺は実行委員でもないし、クラスの準備も手伝わないとだしな……それに、さすがにもう姉貴が許してくれなそうだ。

「あ、パソコン……」

つい明日に持ち越《こ》すつもりで鞄《かばん》に入れてしまっていた。生徒会室に——いや、貸出しの管理簿《かんりぼ》は実行委員会の教室か。パソコンを詰《つ》め込んでいたダンボールも確かあそこの隅《すみ》に置きっぱなしだった気がする。そっちに返してから帰るか。

ついでに、またあの景色でも見てから——。

◆

煌々《こうこう》とした夕日が教室をオレンジ色に染めている。前と違って今日は少し涼《すず》しい日で、暑いというよりほんの少し暖かく感じて眠気《ねむけ》を誘《さそ》った。これから帰るために歩かなくちゃいけないと思うと余計に足が重くなる。また少し、ここに残ってから帰ろうと思った。

窓際《まどぎわ》の、適当な机の上に座《すわ》る。

前に黄昏《たそがれ》た時より少し早い時間。日の傾《かたむ》きが違って、教室の後ろから見渡《みわた》す景色には前と違った趣《おもむ》きがあった。宙に浮く埃《ほこり》がキラキラと輝《かがや》いたまま止まっている。空気が止まっている証拠《しょうこ》だ。静かな時間の隙間《すきま》に、部活動生の掛《か》け声《ごえ》が遠くから聞こえてきた。

癖《くせ》になる日向《ひなた》ぼっこだけれど、これももう納め時というわけだ。クラスの教室から見ても良いけど、ここは北校舎だからな、窓越《まどご》しの夕日に浸《ひた》りたいなら中庭のある廊下側《ろうかがわ》か。それもアリかもしれないけど、そもそも夕方まで学校に残らないんだよな。

「…………あ？」

スマホが震《ふる》える。取り出して通知画面を見ると、姉貴からの新着メッセージが来ていた。

何これ、超《ちょう》見たくないんだけど。今すぐ戻《もど》って来いとかじゃないだろうな……まだ近くだし、本当に直ぐに戻れてしまうのがまた……。

【しっかりやんなよ】

「ああ？」

何だそりゃ。しっかりって、何をしっかりすりゃ良いの。寧《むし》ろ仕事から解放されてしっかりしなくなろうとしてたんだけど。これからはもう自由だ、俺を束縛《そくばく》するものは何もない。岩田《いわた》からのFPSの誘いも断らずに済む。レッツパーリー。

久々のゲームだ。RPGの方だって第何章のどこまで進めたかほとんど憶《おぼ》えていない。思い出すところから楽しむのもまた一興だわな……やばい、何だかすごくわくわくしてきた。

「──っしょ、と…………へ？」

「……ぁ……」

「……」

「……」

バッグを引っ掴《つか》んで、机に乗っかって浮かせていた足を床《ゆか》に付けると、誰かの気配を感じた。着地ざまに見えたのは誰かの室内シューズ。顔を上げると、教室の入口に立っているここには居ないはずの夏川と目が合った。

「な、夏川……？」

「う、うん……」

何で？　どうして？　疑問は渦巻《うずま》くものの、目の前の光景が錯覚《さっかく》かと目を擦《こす》ろうとは思わなかった。長い月日で得た勘《かん》が、『彼女《かのじょ》は幻《まぼろし》ではない』と告げていたから。それでも、まもなく最終下校時間を迎えようとするこのタイミングで夏川がまだここに居ることに違《い》和感《わかん》を覚えた。

呼びかけてみると、夏川はぎこちなくもゆっくりとこっちに近付いて、俺の前で立ち止まった。

夕暮れ時の教室。疲れている俺の目にはその光景だけでも神秘的で目を見張るというのに、目の前に立ち止まった夏川は言わずもがなだった。月が太陽の光を受けて美しく輝くように、夕日に照らされる夏川はいつも以上に可愛くて、綺麗《きれい》だった。

「め、女神《めがみ》……」

「なっ……なによ急にっ……」

「や、うん、ちょっと……夕暮れ補正にやられただけだから」

「そ、そんなの――」

夕暮れめ……罪な真似《まね》をしやがる。思わず思った事をそのまま口に出してしまったじゃねぇか。感嘆《かんたん》するっていうのはこういう事か。完全に無意識に口からこぼれてしまっていた。俺の理性を打ち破るたぁやるじゃねぇか。これが俺らじゃなくて初対面の男女だったら淡《あわ》い恋の始まりだったに違いない。

「……てか、まだ帰ってなかったんだな。夏川なら一秒でも早く愛莉《あいり》ちゃんに会いたいなんて言ってとっくに家に着いてるもんかと思ってた」

「そ、それは……――を……って」

「え？」

「あ、あんたを……待ってたからっ」

「え？」

え？　何それ。嬉しい。可愛い。可愛い。

ちょっともじもじしながらそんなことを言うのは反則では。もう一度聞きたくて思わず訊《き》き返してしまった。聞き間違《まちが》いかとすら思ってしまった俺は悪くないだろう。

とはいえあまり調子に乗らない方が良い。浮かれず冷静に、言葉の意味を読み取ろう。

「……ん？　何で？」

小声で、ついそんな言葉が飛び出した。またも無意識。好きな人に〝待ってた〟なんて言われておいてこの言い草よ。図々《ずうずう》しすぎるだろ。

……まぁでも、疑問に思ったのもまた本当だった。俺と夏川の関係性、そして最近の出来事から端《たん》を発した気まずさ。二人になったところで会話なんて続かないのは分かっているはずなのに、どうしてわざわざ俺を待ったりなんてするのか、少し考えてみても、その答えには行きつかなかった。

「……渉と、話したくて……」

「……」

待ってもいない問いかけに、答えが返って来る。隠《かく》せる程度の動揺《どうよう》が胸の内に走った。その答えが、余計に俺を解《わか》らなくさせた。

どうして俺と話したいのか。どうしてこのタイミングなのか。俺たちは気まずい間柄《あいだがら》ではないのか。疑問は尽《つ》きなかった。

「えっと、何か悩《なや》みごとでも……？」

「な、悩みごと……うん……そんな感じ、かも」

どうやら俺の予想は正解に近いらしい。少し考えた後、夏川は少し落ち込んだ様子で頷《うなず》いた。まぁ、悩み事《ごと》なら急に話したいなんて言われても納得《なっとく》できる。ましてや文化祭実行委員としての話ならこっちも邪念《じゃねん》抜《ぬ》きで聞くことができる。

「へぇ……どうしたんだ？」

「えと、最近……うん。たぶん、ずっと前から、なんだけど……」

話す夏川からは躊躇《ちゅうちょ》が見て取れる。本当に俺に話してしまって良いのか。話してしまって後悔《こうかい》はしないか。そんな葛藤《かっとう》があるように思えた。俺が夏川だとしても同じかもしれない。何せ相手はこの佐城渉……夏川が相談する相手として適しているのかと考えると、どうも首を傾《かし》げるものがある。

それでも、頼《たよ》られるからには全力で応《こた》えよう。

「──私は、役に立ったのかな……」

「えっ？」

今度はちゃんと意識的に声が出た。これは夏川の不安に対する否定の意。夏川が役に立ったかだって？　そんな事は一目瞭然《いちもくりょうぜん》、役に立ったに決まっている。あそこまで文化祭実行委員としての活動に真摯《しんし》に取り組んでおいて、どうして悲観するのかわからない。

「役に立ったのかなって……何が？」

「今回のとか……ずっと、言われるがまま手を動かしてただけっていうか……」

「や、一年なんだから普通そんなもんなんじゃねぇの？」

真面目《まじめ》に参加しているだけでも偉《えら》い方だと思う。文化祭実行委員なんて、普通は面倒《めんどう》でやりたいなんて思わないだろうし、ジャンケンで負けて仕方なく選ばれた奴《やつ》の方が寧ろ多そうだ。ましてや連帯責任で同級生から責められそうになってもおかしくなかったのに、それでも黙《だま》って手を動かし続ける事ができるのは賞賛に値する事だと思う。いったいそのモチベーションはどこから来ているのかと思うほどだ。

「でも……」

「……？」

でも、の後に続く言葉が無く不思議に思って見ると、夏川は真っ直《ますぐ》ぐこちらを見上げていた。もの言いたげな様子ではあるものの、どうやら言葉が見つからないらしい。まさか、俺《おれ》のやった事が夏川を悩ませてしまった……？

「や、俺は──」

俺の場合は……お、おう、そうだな。思い返せばかなりしゃしゃり出てた気がする。確かに疑問に思われてもおかしくはないように思える。剛先輩にくっ付いて回っていただけとはいえ、よく考えれば普通の一年坊主がやる事ではなかったとは思う。同じ一年生として、動揺させてしまっただろう。

「あー……っと、そもそも俺は部外者だし？　しかもやってる事はアウト寄りのグレー……何ならアウトだし。学生が文化祭のために他所《よそ》の業者を金で雇《やと》って手伝ってもらうとか本来は有り得ないというか………そんなのに加担して『よくやってる』も何もないだろ」

「何で……？」

「や、だから──」

本当に超特例措置《ちょうとくれいそち》だったとしか言いようがない。前年まで〝西側〟――金持ちの家の生徒たちが主導になって同じ事をしていたとはいえ、本来そんなものはズルだ。その行為《こうい》自体を〝切り分け〟なんて言葉で片付けられたら聞こえは良いけど、その実は金にモノを言わせた強行措置。学生にあって良いものではない。いかにもしっかり仕事をして役目を果たしたように見えるけど、これは到底褒《とうていほ》められるようなものではないんだ。

とはいえ、ありのままの全《すべ》てをここで夏川に言ってしまうのは……。

「――何で、そこまでするの……？」

「えっ……え？」

あ、そもそもの話？　「何でお前はそんな事をしてるのか」って？

どうやら俺は夏川の疑問を誤解していたらしい。闇《やみ》深い方を答える必要はなかったようだ。良かった……いや、ちょっと待って。それを言えと？　他でもない夏川にそれを言えと？　それはちょっとばかり地獄《じごく》すぎないだろうか。

「何で渉がやったの……？」

「や、その――」

「なんで……どうやったらそんなに頑張《がんば》れるの？」

「……夏川？」

きっと、そこまで興味があって言ってるわけでもないんだろう。そう思っていたのに、夏川の言葉にはどこか必死さが含《ふく》まれているように思えた。

はぐらかす方法を考えていた。これは——これだけは絶対に明かしてはならないと。適当にそれっぽい言葉を並べれば、夏川も納得するだろうと思っていた。それなのに。

「最初に渉が来た時はびっくりした。全部知っていたかのように手伝って、次には先輩の人と一緒《いっしょ》に指示を出して、打ち合わせみたいなものに参加したりもして……。いろんな理由で生徒会も危ないって知った時は、お姉さんを助けるために頑張ってるのかと思ってた」

「あ……」

「——でも、渉ははっきり『違う』って言った」

「あ、あれはっ……あっと、ほら、姉弟《きょうだい》だしさ。『姉貴のため』なんて小《こ》っ恥《ぱ》ずかしいこと真正面から言えないじゃん？　元々そんなに仲良いわけでもないし」

「嘘《うそ》。あの時、見てたから。誤魔化《ごまか》す顔でも、ムキになってる顔でもなかった。私だって、中学生の頃から渉を知ってる」

「……」

追及《ついきゅう》するような声。とても誤魔化せるような状況じゃない。そもそも打つ手がない。これはもう顔を真っ赤にしながら赤裸々《せきらら》に語るしかないのか……？

いやでも、何で。どうして夏川がそんな事を気にするんだ。部外者の俺が首を突《つ》っ込んだ理由が気になるのは解る。でも、これは別に芦田《あしだ》の事でも佐々木の事でもない、俺だぞ。今さら知る必要も無い俺の事だぞ。

「…………何で、そんなに知りたいんだ？」

行儀《ぎょうぎ》が悪いと思われることを理解しつつ、机にもたれ掛かるように乗り上げる。この空気を変えられるのなら、多少の荒《あら》っぽさは厭《いと》わない。これ以上嫌《きら》われたくないけれど、ほんの少しなら構わない。

「…………わ、わかんない」

「なら、良くない？」

いつもなら、違《ちが》う質問だったらどんな問いにだって即答《そくとう》していた。でもこれだけは。今さらこれを言うわけにはいかない。この前は気まずくなってしまったけど、ようやく何だかんだで有耶無耶《うやむや》になって来たところなんだ。それを掘《ほ》り返すように、わざわざ夏川の気を引くような事を言ってもまた変に意識して気まずくなるだけだ。

今の俺は夏川にとってただの同級生、友人、仮初《かりそ》めの居場所。芦田も合わせて割とよく集まるだけのグループ。何度も拒《こば》んだ好きでもない相手からその答えを言われて夏川は何て反応をすれば良いんだよ。仲間だから、で済ますには無理がある。そんなものは余計なお世話、迷惑《めいわく》に決まってる。

「や、やだ……」

「………」

〝やだ〟。

子どもが嫌《いや》がるときのような常套句《じょうとうく》。お姉さんキャラの夏川の口からそんな言葉が飛び出すとかギャップ萌《も》えにも程《ほど》がある。不意打ちにも程があるだろ。いっその事このまま俺ごと浄化《じょうか》して消し飛ばしてくれたら良いのに。

「……」

気が抜《ぬ》けた。思わず小さく溜め息が出た。悪い意味じゃない。少し考えるのが馬鹿《ばか》らしくなっただけだ。思えば俺はいったい何を気にしていたのだろう。今さら夏川との関係性を気にする必要なんてないだろうが。

紆余曲折《うよきょくせつ》あって、また話すようになった。それは望外の、まるでご褒美《ほうび》のような出来事だった。『これ以上夏川に嫌われたくない』なんて、矛盾《むじゅん》しているのは俺の方だった。それ自体がまだ夏川に期待してしまっている証拠だ。格好付けてどうするんだよ。結局捨てきれない、夏川に対する熱情。下心。自分の底が浅すぎて笑えてくる。

……言おう。

気まずくなる？　構わない。本当なら気まずくなって疎遠《そえん》になっているのが正しいんだ。今さら距離《きょり》感を測るなんて意味の無い事。なに一人踊《おど》りしてんだよ。夏川はそんなものとっくに過去に捨てて前を向いているに違いない。だからこそ、こうして俺に関《かか》わろうとする。邪《よこしま》な事を考えているのは俺だけなんだ。いい加減、俺だって踏《ふ》み出して行かなければならない。今さら。今さら。今さら。

「夏川、あのさ――」

良い夕日だ。絶好のシチュエーションだ。夕暮れの教室。帰宅部の俺がもう見ないだろう景色。こんな機会は滅多《めった》に無い。だからこそ、この景色の中に一抹《いちまつ》の思い出を残そう。心の奥底《おくそこ》からほんの少しだけ想《おも》いを取り出そう。あとは蓋《ふた》をするだけ。もう大丈夫。どんな結末が待っていようと、きっと後悔しない。だから――

「　　　　　　」

少しだけ、鎖《くさり》を解《ほど》こう。

6章❤〈…………〉❤どうして

「書類関係――――ぜんぶ終わりましたっ!!」

「よっしゃーッ!!」

副委員長の木村《きむら》先輩が嬉しそうに叫《さけ》ぶ。それを受けて他の先輩たちが机をひっくり返しそうになるくらいの大声で両手を上に投げ出した。目の前に書類があったなら勢いで放っていたかもしれない。

委員長の長谷川《はせがわ》先輩が泣いていた。思い返してみると先輩は毎日思《おも》い詰めたように作業に没頭《ぼっとう》していた。それをずっと見ていたからか、ああして感情を露《あら》わにする姿を見ているとこっちまで泣きそうになってしまう。膨大《ぼうだい》な作業との奮闘《ふんとう》の末、一足先に区切りを付けた時は「え、本当にもうすること無いの？」と半信半疑になったものだけれど、こうしてみんなが喜ぶ姿を見て改めてやり遂《と》げたのだと実感した。

「やったなっ、夏川《なつかわ》！」

「…………うんっ！」

佐々木《ささき》くんが私に手のひらを掲《かか》げた。よほど嬉しいのか普段《ふだん》の真面目さとは裏腹に無邪気《むじゃき》な笑《え》みを浮《う》かべている。奥《おく》に見える井上《いのうえ》先輩と緒川《おがわ》先輩が両手を重ね合わせて喜んでいるのを見て嬉しくなった。私は佐々木くんに応《こた》えるようにハイタッチした。

周囲を見回す。途中で不安になるような事もあったけれどここに至った今となっては欠けた席が一つも無い。委員会の進め方が変わってからはみんなが前を向いているように思えた。特に三年生は今年最後の文化祭——他の生徒と違って文化祭に対する向き合い方が違っていた。ここで頑張らない理由は無かったのだと思う。

「………ぁ、わた——る？」

周りの様子を眺《なが》めていると、生徒会補佐の石黒《いしぐろ》先輩と渉《わたる》が目立たないように教室の後ろ側を通っていた。みんなと同じように喜んでいるかと思ったけれど、二人はホッとした顔をしつつもノートパソコンを脇《わき》に抱《かか》えて教室から出て行った。

——まだ、何かあるんだ……。

夏休みの体験入学の時に、仕事に真面目に取り組む渉の姿を垣間見《かいまみ》た。今回の件で、それは渉の中の〝仕事モード〟なんだと理解した。とりわけここ数週間はその切《き》り替《か》わりを存分に発揮していたように思う。元々目立つ方ではあったけれど、少なくともこの終盤《しゅうばん》で打ち合わせやいろんな質問を一手に担《にな》って一年生を引っ張っていたのは間違いなく渉だった。『生徒会補佐』という名目はあれど、本来は生徒会役員でも文化祭実行委員でもないのに――。

改めて三年生を見る。

みんな理由があった。終わりが見えなかったとしても、あの人たちの中には目の前の仕事をなおざりにする選択肢《せんたくし》なんて最初から無かったように思う。一部の二年生からだって、楽しい文化祭を台無しにしたくないという強い想いを感じられた。

なら――私は？

〝責任感〟という自負がある。任されたものを投げ出すような事はしたくない。どんなに大変な内容だったとしても、目の前の事をひたむきにやり続ければいつか報《むく》われる時が来るのだと、中学時代の家庭の苦境から学んだ。学んだ……はずだったけれど。

不安だった。

投げ出した上級生が居た。一年生の自分からすれば、同じように逃《に》げ出す機会を得たようなものだった。きっと実際にそうしたとしても、委員長の長谷川先輩や他の先輩たちも文句は言わなかったかもしれない。それでも自分の中の矜持《きょうじ》を捨てずに居られたのは一人じゃなかったからだ。あの頃とは違い、今回は苦境に立たされても同じ立場の人たちが居た。それを支えに、なんとか付いて行く事はできた。

何で――引っ張って行けるの？

最初はお姉さんのためかと思った。文化祭実行委員会のピンチは生徒会のピンチ。何かあったとき、生徒のみんなから後ろ指を差されるのは自分たちかもしれないけれど、学校側から責任を負わされるのは間違いなく生徒会だった。どうしてもっと早く気付かなかったのだと、強く叱責《しっせき》されていたはずだ。自分のお姉さんがそんな立場に立たされるのを防ぐため、『生徒会補佐』という役職に身を滑《すべ》り込《こ》ませてまで頑張っているんだって、そう思っていた。

『――や、違うけど？　別に生徒会とか姉貴のためじゃないし』

渉ははっきりとそう言った。

それなら、何で？　普段の渉なら文化祭実行委員なんて面倒だって考えると思う。それなのにわざわざ生徒会を補佐してまで実行委員会を手伝う理由は何……？

まさか――特に無い？

有り得ない話じゃない。興味が無い事には面倒そうな顔をするものの、それでいて流されがちな性格だと思ってる。お姉さんじゃなくても、生徒会の誰かから手伝うように言われたからという可能性はある。ただ無心で、できなくはないから、ただそれをやっているだけというなら納得できないことはない。

でもそうだとすれば……凄《すご》すぎる。

大して頑張らずにできる？　できるからやった？　私たち実行委員はどうすれば良いかわからなくなっていた。やり方を変えるにはもう引き下がれないところまで来ていて、とにかく今のままのやり方を一心不乱に続けてやり切る事しか手段は残っていないんだって、先輩たちの青くなった顔を見て察していた。あれはそんな簡単に片付けられる問題じゃなかったはず。あれだけの事をやっておきながら頑張らなかったわけがない。原因は何なのか、どうすれば状況を打開できるのか、それを探《さぐ》る〝過程〟が存在していたはず。

ただ、頑張っただけ？

私には無理だ。無理だった。理由が必要だった。中学生のあの頃は、自分が頑張らないと家族がバラバラになっていた。ただ甘《あま》える事だってできただろう、優《やさ》しいお父さんとお母さんならきっと笑って許してくれた。でも、その笑顔の向こう側で擦《す》り減っていく姿が見えた。甘えたままではきっと明るい未来なんて待ってなかった。だからこそ頑張れた。愛してくれる両親を、愛する妹を守るためならどんなにつらくても頑張れた。

そうじゃなかったら――折れていた。

お父さんが疲れていなかったら勉強漬《づ》けの日々なんて耐《た》えられなかった。お母さんがパートに出ていなかったら、家事のほとんどを自分がやろうだなんて思わなかったし、できなかった。何もしなくても愛莉《あいり》がずっと笑って幸せで居てくれるなら、もっと友達と遊んで帰っていた。ただの善意で、何の見返りも求めずに頑張り続ける事なんて絶対にできなかったと思う。

――そもそもその考えが……間違いだとしたら……？

勉強には自信がある。運動だって、元気な愛莉と毎日接していたら得意になった。服のほつれだって何でも直せるようになった。家事を担ってからは料理だって覚えた。急に夕食を作ってと言われたらできると思う。だけど、それは――

「…………」

私は他《ほか》に、何ができるんだろう。

今まで培《つちか》って来たことは、何かの役に立っただろうか。一年生という立場に甘んじてはいなかっただろうか。自分が頑張らなくても誰かが、上級生が先輩《せんぱい》として打開策を編み出し、状況を解決へと導いてくれると思っていなかっただろうか。あの頃の努力と経験の中に、この文化祭実行委員会で活《い》かせるものが一つでもあっただろうか。

もしかして――自分は先輩を煽《あお》って状況を悪化させただけの役立たずだったのではないだろうか。渉は、あんなにも凄いことをやっているというのに。

「――……つかわ。おい、夏川……？」

「えっ……!?　な、なに？　佐々木くん」

「なにって……今日はもう解散だってさ」

「あ……そう、なんだ」

顔を上げると、みんな思い思いにパソコンを片付けたり筆記用具を鞄に仕舞《しま》い始めていた。考え事をしてるうちに話が進んでしまっていたらしい。当然ながら、辺りを見回しても渉の姿はもう無かった。

「あの……さ、夏川」

「……？　どうしたの佐々木くん」

「や、時間があったら……なんだけどさ。良かったら今度こそサッカー部を見に来ないか？　まだやってる時間なんだよ」

「え、でも……――」

〝今度こそ〟というのは、夏休みに体験入学の引率《いんそつ》を終えた直後の話だろうか。あの時も佐々木くんからサッカー部の見学に来ないかと誘われていた。前と違って、今回は下校時間ギリギリまで実行委員の仕事をするつもりだったから時間はある。でも――

佐々木くんの奥に見える二人の先輩。またちゃんと委員会に参加するようになったとはいえ、井上先輩と緒川先輩とはあの一件以来、口を利《き》いてなかった。もしかすると、まだ

〝気に食わない一年生〟と思われたままの可能性だってある。私がサッカー部に付いて行ったところで空気を悪くしてしまいそうだ。

「先輩――夏川をサッカー部に連れてって良いですか？」

「え――」

流されがちなのは、私の方だったのかもしれない。

◇

思えば今までに先輩という先輩が居たことは無かった。中学生の頃は先輩に限らず周り全てに対して穿《うが》った見方をしていたように思う。口にこそ出さなかったものの、日々の生活に追われて「人の気も知らずに……」と自分勝手になっていた。それが中学生という時期の不安定さから来たものだったのか、心の余裕《よゆう》の無さから来たものだったのかは解《わか》らない。ただ、あの頃はずっとギリギリだったという事だけ憶えている。

私がただ不器用なだけなのかもしれない。ただ、それ以前に〝先輩〟という存在との接し方を知らないんだ。今思えば、佐々木くんが居るとはいえ私に先輩の顔色をうかがいながら上手《うま》くやり過ごすだなんて無理な話だったのかもしれない。だから、あの時は先輩を引き留めるどころか機嫌《きげん》を損《そこ》ねてしまった。

佐々木くんが声を掛けると、井上先輩は一瞬《いっしゅん》だけ面食《めんく》らったような表情になって頷いた。それだけで歓迎《かんげい》されているわけじゃない事がわかる。だと言うのに、結局流されるままグラウンド近くまで来てしまった。

「あの、さ……夏川さん」

「……！」

間をつなぐように話す佐々木くんに相槌《あいづち》を打っていると、前で緒川先輩と歩いていた井上先輩が振《ふ》り返って話しかけて来た。あの時の、敵意のようなものが乗った鋭《するど》い視線を思い出し、つい固まってしまう。

「その、ごめんね。この前は」

「え……」

体を半分向けて謝《あやま》る先輩。予想だにしない言葉に、やっぱり何て返せば良いのか分からなくてどもってしまう。緊張《きんちょう》し過ぎて頭の中が真っ白になった。また機嫌を損ねてしまうのが怖《こわ》くて、ただ背筋だけ伸《の》ばしていた。

「や、その……どの口がって感じかもだけどさ。あん時は夏川さんに限らず全部にイライラしててさ。まぁその、タカと、そのダチが目の前でヤバい感じになった辺りで目ぇ覚めたんだ」

「タカ、って…………えっ、佐々木くん？」

「うっ…………」

話の内容から察するに、佐々木くんとその友達が険悪な雰囲気《ふんいき》になったと読み取れる。

もしかして……喧嘩《けんか》？

「佐々木くん、喧嘩したの……？」

「いやまぁ、喧嘩っていうか……その、普通《ふつう》に怒《おこ》られたっていうか……」

「や、めっちゃキレてたじゃん。なにげに男子のあの感じ、初めて見てさ。止め方なんて分かんなかったし、怖くて……そんなこんなで、ウチ何してんだろってなったんだ」

「その、あたしも……」

今の井上先輩と緒川先輩からはあの時のような喧嘩腰《けんかごし》の雰囲気は全く感じられず、むしろしょんぼりとした子犬のようで可愛《かわい》らしい印象を受けた。何だか萎縮《いしゅく》してるようにも見える。

佐々木くんは〝怒られた〟って言った。反抗《はんこう》するような態度じゃないのを見るに、何か暴力的な事があったわけじゃない事がわかる。それでもイライラしてた井上先輩と緒川先輩をこうさせたって事は、その佐々木くんの友達の怒り方はよっぽどだったんだなって思う。男の人が苛立《いらだ》ってるだけでビクビクしてしまう気持ちはわかる。きっと中学生の頃の私だって、恐《こわ》さのあまり斜《しゃ》に構えた態度を改めたと思う。

「フタを開けたら越高《えっこう》の女王の弟だって言うしさ……」

「え、えっこうの女王……？」

聞き慣れない単語が出て来た。『越高』は何となく分かった、時折クラスの女の子が鴻《こう》越高校《えっこうこう》をそうやって略していたから。問題は『越高の女王』の方だ。一体誰《だれ》の事を言っているのだろう。それが分かったとして、そんな怖そうな人の弟が同じ一年生に居ただろうか。噂《うわさ》でも聞いたことが無い。

「その、だから……色々ごめん」

「ごめん……」

「あ！　はい！　いえ、そんな――」

どこか気まずそうな先輩二人から謝られた。言葉と態度の全てから本当に申し訳なさそうな様子がうかがえる。途中から話の内容がよく分からなかったけれど、先輩二人に謝られるという状況《じょうきょう》が逆に申し訳なくて必死に言葉を選びながらそれを受け入れるという妙《みょう》な返事の仕方になってしまった。

「まぁその、な……こういったのも含めて、夏川を誘ったんだ。ずっと気まずいままなのも嫌だしさ」

「あ、えと……そうなんだ」

先輩との気まずい感じは無くなったと思って良いのだろうか。それもそうだし、それ以上に気になる事ができたような……そんな奇妙《きみょう》な感覚に襲《おそ》われつつも、とりあえず頷いておく事にした。とにかく、これでもう険悪な雰囲気にはならないんだとホッとしながら、安心して佐々木くんに付いて行った。

◇

支援金《しえんきん》の多い高校だけあってグラウンドには立派なサッカーコートが併設《へいせつ》されている。端のフェンス際《ぎわ》からコートに向けてなだらかなスロープになっていて、そこに座って見学をする事ができる。部活見学をする生徒なんて自分だけと思っていたけれど、いざ来てみるとちらほらと何人かの女の子が居た。絶え間なく抑《おさ》えめな声でキャーキャー言ってるのを見るに、ファンのような子たちなんだと思った。みんな友だち連れなのが少し羨《うらや》ましかった。隣《となり》に圭《けい》が居たら、と思ったけれど、圭が男の子を見るために端っこに座《すわ》って見学している姿が想像できなくて少し笑ってしまう。寧ろ、コートの中心で走り回っている方が似合っているような気がした。

　サッカー部の見学というほどだから模擬《もぎ》試合でもするのかと想像していたけれど、いきなりそうというわけじゃないらしい。何より佐々木くんは今日は途中《とちゅう》参加だ。コーンを並べてドリブル練習をしたり、パスの練習をしたりと基礎的《きそてき》な内容だった。特に一年生はそちらが重点的に行われているみたいだった。

「うわ、何かタカがめっちゃ可愛い子連れて来てんだけど」

「夏川愛華《あいか》だろ？　二年でも可愛いって有名だぜ」

「え、てか彼氏《かれし》居るって言ってなかったっけ？」

　サッカー部の色んな方向から視線が飛んできて少し居心地《いごこち》が悪い。正直に言えば知らない先輩に知られていて何故《なぜ》か彼氏が居ると言われて少し怖く思った。話しかけようとして来ないのがまた不気味に感じた。話しかけられてもそれはそれで何を話せば良いか分からないけれど。

　時おり佐々木くんが手を振って来る。こちらも小さく手を振り返すと、佐々木くんは嬉《うれ》しそうに笑って周りから肩《かた》を叩《たた》かれていた。変な勘違《かんちが》いをされていないと良いけど……。

　最初こそ好奇《こうき》の視線は多かったものの、いざ練習に入ればみんな目の前のボールに集中していた。テレビで見るサッカーの試合では見られないような動きをしたり、難しいボールを足で捉《とら》えたりと、私では到底《とうてい》真似《まね》できないような練習が続いていた。思えばスポーツでみんなが機敏《きびん》に動くところを生で見るのは久々だった。見学するだけの見応《みごた》えはあると思った。

コートの隅《すみ》では井上先輩や緒川先輩が忙《せわ》しなく動いていた。休憩《きゅうけい》に入った部員に飲み物のボトルやタオルを渡《わた》したり、バインダーを取り出して何かを書《か》き込んだりしていた。マネージャーとしてもする事がたくさんあるようだった。

「すごいな……」

これも、出来ることの一つ。

色々あったけれど。謝られたけれど。佐々木くんや井上先輩、緒川先輩が本当に頑張りたいと思うものは文化祭実行委員会じゃない、これだ。本当は部活に行きたいはずなのに、自分が楽しいと思えるものに全力を尽くしたいはずなのに、実行委員会を優先してくれていた。確かに実行委員になったのは自分で決めた事かもしれない。それでも、必ずしも先輩たちがあの時、委員会から抜け出したのが全面的に悪いとはどうしても思えなかった。だって——部活も何もしてない自分が大して役に立っていないのだから。

「夏川！」

「あ、佐々木くん……」

呼ばれて初めて自分が俯《うつむ》いている事に気付いた。後ろ向きな思考になって視線を落としてしまっていたみたいだ。こちらに駆《か》け寄って来る佐々木くんはどこか心配そうな表情を浮かべていた。

「えっと……ごめん、退屈《たいくつ》させたかな？」

「ううん、久しぶりにこういうの見たから楽しかった」

「そう、か……？　それなら良いんだけど」

佐々木くんはいかにもスポーツドリンクなボトルを手に、首に掛《か》けたタオルで汗《あせ》を拭《ふ》きながら少し距離を空けて隣に座った。汗まみれのはずなのに、どこか楽しげな様子を見ているとこっちまで清々《すがすが》しさを覚えてしまう。それほどサッカーが大好きなんだと思った。

「ふふ、カッコいいね」

「えっ⁉　あっ……と、そ、そう？」

「うん。女の子にキャーキャー言われてるのがわかる」

「う……そうですか」

女の子の間でよく『どんな人がタイプ？』なんて話題が上がる。答えの一つに〝何かに熱中できる人〟なんて聞いて今までは〝そうなんだ〟としか思わなかったけれど、今ならその理由も少し解る気がする。佐々木くんは元々顔が整っている方だけど、佐々木くんじゃなくたってみんなキラキラ輝《かがや》いている。

「……夏川、何を考えてたんだ？」

「え……？」

「や、何か途中から考え込《かんが》んでるみたいだったからさ。あ、いや、言えない事だったら別に良いんだけど」

「あ……」

思えば佐々木くんは時々こっちに目を向けては手を振っていた。考え込むあまり、知らず知らずのうちに無視をしていたかもしれない。何よりサッカーをしている佐々木くんが遠くから私の気持ちを察して来てくれたと思うと、申し訳なくなった。

「みんな、すごいなって。佐々木くんも、井上先輩も、緒川先輩も」

「凄い……？」

「うん。佐々木くんは高いボールを胸で取ったり」

「や、アレくらいみんな出来るぞ？」

「サッカー部の人なら、ね」

みんな出来るとしても、活躍《かつやく》は活躍。得点に繋《つな》ぐための力。それが出来ることは才能でもあり、技術でもある。当然ながら、私には怖くて到底《とうてい》できない事だ。

「井上先輩は全体を見て必要な人にタオルを渡したり、緒川先輩は一年生の男の子たちに指示を飛ばしてた」

「お、男の子……」

全体を見ること、自分以外の誰かを動かすこと。サッカーの技術や才能が無くても、サッカー部への貢献度《こうけんど》は小さくない。それだけで助かる部員はどれだけ居るのだろう。私はそういう事を今までやって来なかった。

「──私は、何かできたのかな……」

頭の中で、冷静な私が「なんて事を訊《き》くんだ」と責めている。佐々木くんの時間を奪《うば》い、楽しみを汚《けが》し、頑張っているものを侵《おか》す行為。そしてこの漠然《ばくぜん》とした内容……悩《なや》ませてしまうに違いない。

「何かって……文化祭実行委員会のこと？　夏川は頑張っていたじゃないか。俺なんて途中で抜け出したりしたんだぜ？」

「サッカー部のため、ね。本当なら、佐々木くんは実行委員にならなくても良かった。田端《たばた》くんのために代わってあげてたし」

「そ、それは……その」

責めてるんじゃない。羨《うらや》んでいるんだ。熱中できるものがあって、それでなお文化祭実行委員にもなろうと思える行動力があって。心に余裕があって。前を向いている。

任されたものを途中で抜け出すのは悪い事だ。それでも佐々木くんはちゃんと戻《もど》って来て最後には私と同じくらいの貢献《こうけん》をしてた。何より、私のように悩む事もなく今こうして活躍している。凄いと思う。でも、それを見ているとまるで自分が負け組のように見えて仕方なかった。どうして、私の方がずっと仕事をしてるはずなのにって。

「その、俺は夏川の方が凄いと思うぞ？　勉強ができて、運動もできて、先生からの評判とかもかなり良いじゃないか」

「……」

「あー……え、えっと、夏川……？」

その自信はあった。

私は勉強が得意だ。中学生の頃に一生懸命頑張《いっしょうけんめいがんば》ったからか、色んな事を直ぐに頭に吸収する事が出来る。運動もできる。愛莉を世話しながらいつも遊んでいるからか不思議と反射神経があって足が速い。先生からの評価が悪いわけがない。言われた事をちゃんとやって、機嫌を損なわないようにしているのだから。

でも、それは。

「――それって、誰かの役に立つのかな……？」

「役に……えっと」

なんてめんどくさい事を言ってるんだろう。こんなのは佐々木くんを困らせるだけ。文化祭実行委員のペアになっただけで、他に交流があるわけでもない。強《し》いて言うなら今やっとその〝交流〟をしているところだ。お互《たが》いの中身を知り始めたところでこのような問いをぶつけたところで分かるはずがない。

「でもほら…………夏川は、その」

「……」

「えっと、だから……夏川、は…………」

――やめないと。謝らないと。

こんなのは迷惑なだけだ。誰かに訊くことじゃない。そもそも最初から私がもっと自分を磨《みが》いていれば良いだけの話だった。ちゃんと、誰かの役に立つようなかたちで。いま答えを絞《しぼ》り出してくれたとして、それがいったい何になるというのだろう。そんなものは無理やりお世辞を言わせただけに過ぎない。こんなにみじめな話は無いと思う。

今すぐにでも、この話を聞かなかった事にしてもらおう。

「――佐城《さじょう》なら……わかるんじゃないか？」

「…………え？」

予想だにしない返事。

まさか、佐々木くんからその名前が出てくるとは思わなかった。でも、何で佐々木くんが〝渉ならわかる〟と思ったのかが分からない。聞かなかった事にしてもらうのをやめて、その理由を尋《たず》ねる事にした。

「なんで……？」

「いやほら。あいつ、色々やってたし」

「色々……そうだね」

今回、私たち一年生を引っ張っていた存在。それが渉だ。実質的に上の立場になっていた渉なら、私が周りと比べてどうだったか見えていたはずだ。でも、私が知りたいのはそんな周りとの差じゃない。

「……それに、さ。たぶん……俺《おれ》より夏川の事を知ってるだろ……？」

「……！」

それは——そうだ。

佐々木くんより渉の方が私の事をよく知ってる。そのはずだ。中学生の頃からの知り合いで、何だかんだずっと一緒《いっしょ》に学校生活を過ごして来た。それだけでなく、意外と経験豊富で今回の件で誰かに助言する姿を何度も見て来た。こんなにも頼《たよ》りになるんだと、初めて知った。

……なんで？

何で、今になって初めてそれを知ったの？　私だって中学生の頃から渉と過ごして来た。そのうえ、あの頃のあいつは私が訊いてもいないのに自分のことをよく喋《しゃべ》ってた。渉が私の事を知っている分、私だって渉の事を知っているはず。それなのに、どうして今なの……？

「だってあいつは……ずっと前から夏川のことが好きなんだから」

「——ぁ………」

そう言う佐々木くんは、どこか落ち込んでいるように見えた。

◇

渉は、私の事が好きだった。

初めて出会った時には、もう既《すで》にそうだった。はっきりと、私の目を見て〝好きです〟と言ってくれた事を今でも憶《おぼ》えている。けれど、その時の私は恋愛《れんあい》だとかそういう場合じゃなくて、思わず冷たく突《つ》き放《はな》してしまった。それでも渉は諦《あきら》めず、何度も私の前に姿を現した。思えばあの頃、私が学校で感情を露《あら》わにして接していたのは唯一《ゆいいつ》あいつだけだったかもしれない。

高校に入った頃には心に余裕が生まれていた。それと同時に、これからどんな高校生活になるんだろうって、期待で胸を躍らせていた。渉が居るのは分かっていたけれど、その時にはただ鬱陶《うっとう》しいだけの存在だと思っていた。新しい学校生活に興味はあっても、彼氏だとか恋愛だとかに全く興味が無かったからだ。愛莉以上に好きになれるものなんて無かった。

高校生活の滑り出しは順調だった。あいつはとにかく目立っていて、その理由は私に付き纏《まと》っているからだった。同じように目立ってしまった私は自然と周りから顔と名前を覚えてもらえて、圭という親友ができた。今思えば、渉が居てくれたからこそ圭との繋がりができたのかもしれない。

今まで気付かなかったのは、それを当たり前と思っていたからだ。

うるさい存在。けれど、私のそばに居て当たり前の存在、それがあいつだった。だからこそ、あいつが突然距離《とつぜんきょり》を置いた意味が分からなかった。私を諦めたのはともかく、それならそれで〝友達〟じゃ駄目《だめ》なのって。

――そうじゃないと、寂《さび》しかったから。

渉ありきの居場所があった。圭や愛莉じゃ何故だか埋《う》める事のできない、私の中の心の隙間《すきま》。その〝寂しさ〟を初めてちゃんと理解したのは今年の夏休みの体験入学だった。たたうるさい存在じゃなくて、私の日常の大切な存在の一部なんだって。だから、その繋がりが途切《とぎ》れそうになることが怖いと思うようになった。

二学期に入ってからある日の放課後。渉が同じ中学校だった子に対して、私との関係を強く否定した。見たことのない顔だった。その時に渉はもう私の事が好きじゃないのかもしれないって思った。そして、渉が私に気を遣《つか》って気まずくならないようにしていた事に気付いた。渉の想いを全く考えてなかったことに気付いた。私はどうして良いかわからなかった。

知ろうとしなかった。知らない事が嫌《いや》になった。知る事が怖くなった。

手は伸ばしても、足は止まったまま。

知らなくて、当然だったんだ。

7章❤ ❤それでも、前へ

佐々木《ささき》くんに謝ってサッカーコートを離《はな》れる。少し笑いながら「わかった」と頷《うなず》く顔が印象に残った。

文化祭実行委員会の終わり際《ぎわ》、渉《わたる》はまだ仕事がありそうな雰囲気で教室を出て行っていた。それなら近くの教室か、もしくは生徒会室に向かったはず。あれから既に一時間少し……もしかするとまだ学校に残っているかもしれない。

——行くの？

足を踏《ふ》み出したは良いものの、足取りは妙に鈍《にぶ》かった。胸の内からポツポツと湧《わ》く自問がプレッシャーをかけて来る。会ったところで仕事の邪魔《じゃま》になるかもしれない。問いかけたところで渉は答えを持っていないかもしれない。動き出すべきタイミングは果たして本当に〝今〟なのか。もっと落ち着いて、心を鎮《しず》めてからでも良いのではないか。

迷惑《めいわく》に思われるかもしれない。面倒《めんどう》くさいかもしれない。それどころか、何とも思われないかもしれない。

夏休みの体験入学のときは何にも考えていなかった。仕事が終わる頃には渉の姿はもう無くて、がっかりして寂しくなって、そんな折に見覚えのある後ろ姿を見付けて、気が付けば駆け出していた。

あの時には無かったこの感情。渉の本心を聞くのが怖い。何も考えず、衝動《しょうどう》に身を任せて駆け出すほどの勇気が今の私には無かった。

「……あ………」

昇降口《しょうこうぐち》に着くと予想通り、シューズボックスにはまだ渉の靴《くつ》が残っていた。何の部活にも入っていないのに、だ。渉の事だから、きっと実行委員会の教室で見たように、まだ残って何か仕事をしているに違《ちが》いない。

実行委員会の教室に向かう。廊下《ろうか》は静まり返っていて、生徒は一人も残っていないようだった。教室の戸は閉まっていて、施錠《せじょう》もされている。ここにはもう渉は居ない。それなら――。

「生徒会室、かな……」

生徒会室……授業の移動教室の関係で場所は知っている。それでも赴《おもむ》いた事は無かった。どんな活動をしてるのか、どれだけ大変なのかも知らない。知っている事があるとすれば、渉のお姉さんが生徒会副会長としてこの学校の女の子のトップに立っている事だ。女の子たちの間じゃ、容姿の整った他の生徒会メンバーに囲まれているって意味でも憧憬《どうけい》の的になっている。そういえば、渉はそんな凄いお姉さんの弟だったんだ……。

三階の生徒会室。中からは複数人の話し声が聞こえた。扉《とびら》は閉まっていて、他の教室とは造りが違うのか中を窺《うかが》い知る事は出来なかった。けれど、よく耳を澄《す》ますとお姉さんが渉を呼ぶ声がする。そんな唯一の女性の声がとてもありがたかった。

……………でも、どうすれば？

初めての生徒会室。まともに話した事がある生徒会メンバーは渉のお姉さんくらいだ。失礼しますと中に入って渉を連れ出すのもおかしな話。勇気を出すとかそういう問題じゃない。変な空気になると思った。

「……ぅ…………」

◇

生徒会室——を通り過ぎて外に出た渡り廊下。そこには一階のピロティから屋上まで続く階段がある。校舎内に続くガラスの扉が開けっ放しだから、生徒会室から誰かが出て来ても近くのここなら音で直《す》ぐに分かるはず。屋上行きの階段の途中に座って、渉が外に出てくるのをこっそり待つ事にした。

さっきまでは話し声がしていた生徒会室。仕事に集中し始めたのか、中から聞こえる話し声は静かになった。最近は文化祭実行委員より生徒会室の方が忙《いそが》しいと聞いている。雑談をしてる余裕は無いのかもしれない。

生徒会。生徒の代表。少なくとも軽い気持ちで務められるものじゃないはず。特にこの学校は色々あったと聞いている。その身に降りかかる重責は文化祭実行委員なんかとは比べものにならないと思う。そんな場所で渉のお姉さんはただ一人、女性の立場でありながら副会長をやっている。

羨ましい。

副会長になりたい訳じゃないけど、ああなりたいとは思う。仕事ができて頼りになって、自分を貫《つらぬ》く女の人。渉から聞く話からはどれもそんなイメージは抱《いだ》かなかったけれど、学校の行事がある度に体育館の壇上《だんじょう》に堂々と立つ姿を見ているととても格好良く見える。しかも弟が渉で、小さい頃からずっと渉のお姉さんをやっていたなんて――――あ、いや、今のは、んんっ。

圭《けい》が風紀委員長の四ノ宮《しのみや》先輩に抱く憧《あこが》れも似たようなものなのだろうか。もし私があんな女性だったら、文化祭実行委員会でももっと役に立てたかもしれない。もっと、渉の力になれたかもしれない。あんなふうに、もっと自分に自信が持てたら——。

「もっと……」

「——え？」

「え？　あっ……」

目が合った。ハニーブラウンの髪《かみ》に短いスカート。ここに座って、私も憧憬を抱いて想《おも》っていた人物。ポスターのようなものが入ったダンボールを抱《かか》えた渉のお姉さん——佐城《さじょう》楓《かえで》先輩が、直ぐ目の前で驚《おどろ》いた顔でこっちを見ていた。

「〝もっと〟って……え、ごめ、何か邪魔だった？」

「ち、違っ……！　そんなんじゃっ……な、なんでもありません！」

「そ、そう……？」

「あ、あぁあ……」

変な目で見られたっ。変な目で見られたっ。

顔に向かって血流が加速するのがわかる。自分の中で何かが終わり、ガラガラと崩《くず》れ落ちて行く音が聞こえた。たぶん今年一番死にたくなっている。いやダメだ、愛莉《あいり》を残して先に逝《い》くわけにはいかない。まだ親孝行も碌《ろく》に出来ていない。こんなところで死ぬわけにはいかない。

「——楓さん？　誰か居たんですか？」

「や、うん。誰かってか……え、ちょっと待って。てか、え？　夏川《なつかわ》さん……だよね？」

「は、はぃ……」

お姉さんの後ろから眼鏡の先輩が現れた。その腕《うで》には小さな脚立《きやたつ》を抱えている。間違《まちが》ってなければ——甲斐《かい》先輩。二年の先輩で女の子たちの間でも時々話に出てくる。この人も憧れの対象らしい。そんな人に今の状況を見られたと思うと、余計に恥《は》ずかしい気持ちになった。

「え、すごい顔……や、じゃなくて。そんなトコに座り込《こ》んで何やってんの」

「あ、の……ここで、待ってて……」

「〝待ってて〟って……——え、ちょ、それってもしかして」

「はい……渉を……わたる——えっ⁉」

ぼろぼろの心で答えて、気付く。

お姉さんが目の前に居る。という事は、今まさに生徒会室を開けて外に出て来たということ。考え事をしていて、お姉さんが出て来る音に全く気が付かなかった。考え込んでいるうちに、いつの間にか周りの音が聞こえなくなっていたらしい。

「あ、あのっ、渉はっ……」

「渉ならアタシたちより先に出たけど……」

「──え……」

「あ、オッケーちょっと待って分かった。直ぐに連れ戻すから。四十秒──や、十秒待って。あいつマジ、出なかったら──」

「え⁉」

　渉は生徒会室を先に出た。つまり、もう生徒会室には居ないということ。ショックを受けていると、お姉さんがスマホを取り出して操作し始めた。何やら不穏《ふおん》な言葉が聞こえて思わず声を上げてしまう。

「──佐城くんならまだ文化祭実行委員会の教室に居るはずですよ」

「……！」

「え、拓人《たくと》マジ？」

「はい。さっきパソコンを返し忘れてたって、石黒《いしぐろ》くんから鍵《かぎ》をもらってましたから。さすがにもう学校を出たという事はないと思いますよ」

　その言葉を聞いて思わず立ち上がる。お姉さんがスマホを仕舞いながらどうする？　と目で問いかけて来た。アンニュイな雰囲気に見える目はどこか嬉しそうに丸みを帯びている。光に反射して紫《むらさき》に変わる瞳《ひとみ》が渉と同じで、思わず見入ってしまいそうになった。

「あの、私……」

「あー、まぁ……うん。めんどくさい弟だけど、宜《よろ》しく。デリカシーは無いけど何でも言う事は聞くやつだから。いっぱいアゴで使ってあげてよ」

「は——え、え？」

思わず頷きかけたけれど、すんでのところで力強過ぎる内容に気付く。やんちゃだったという頃《ころ》のエピソードは聞いていたけれど、私の中のお姉さんの印象は前に渉が倒《たお》れた時からどこか〝優《やさ》しいお姉さん〟だった。やっぱり気心の知れた元気な弟相手だとそのような感じなのだろうか。

「——あと、まぁ……この前は怖いトコ見せたね。ごめん。それだけ」

そう言って、お姉さんはすんっと顔を背《そむ》けて西校舎の方に歩いて行った。後ろを付いて行く甲斐先輩《せんぱい》が少し苦笑いしながらこちらに会釈《えしゃく》した。

〝怖いところ〟。この前、文化祭実行委員会の教室から石黒先輩と渉を連れ出して仕事を辞《や》めさせようとしてた事だろうか。あの時のお姉さんの雰囲気は確かに怖かった。それでも、言葉の端々《はしばし》から渉を心配する気持ちを感じ取れた。尊敬はしても、嫌《きら》いに思うなんて事はない。それに——

だからこそ、渉の頑張《がんば》る理由が知りたくなった。

心の中で感謝しつつ、校舎の中に戻って文化祭実行委員会の教室がある棟《とう》に向かう。先ほどと違って日が傾《かたむ》いたのか廊下は少し暗くなっていて、差し込む光は白ではなくなっていた。

目的の教室がある廊下。先ほどと変わらず、物音はなく人気《ひとけ》も無い空間。聞こえるのは遠くから響《ひび》いて来る部活動生の声ばかり。この空間のどこかに本当に渉が居るのか、思わず疑ってしまいそうになる。

それでも。

「――――ぁ」

文化祭実行委員会の教室は、後ろの戸が開いていた。

一歩一歩踏み出し、そこへと向かう。窓から照らされたオレンジの絨毯《じゅうたん》が、私を導いているようだった。近付くに連れ、体が緊張で冷えて歩みを鈍らせていく。どこからか、夕日で温められた秋口の風が私の背中を押《お》した。

怖い。怖いけど、知りたい。会いたい。

覗《のぞ》き込んだ教室は夜の始まりに呑《の》み込まれかけ、翳《かげ》りを帯びていた。斜《なな》めに差し込むオレンジの光を受けた埃《ほこり》がキラキラした粒《つぶ》になって漂《ただよ》っている。中学、高校と部活に入らず、最終下校時間近くまで残った事の無かった私には初めての光景だった。

そんな教室の窓際《まどぎわ》に、男の子が一人。

「――っしょ、と…………へ？」

「……ぁ……」

机から立ち上がった彼《かれ》が、私に気付いた。顔に浮《う》かべていた薄《うす》い笑《え》みが驚きに変わる。

見開かれた目からのぞく瞳はお姉さんと同じ色だった。

その少し前――僅《わず》か一瞬だけ見えた横顔が、妙に頭に焼き付いた。

「……」

「……」

私を見て分かりやすく動揺《どうよう》している渉。前にお昼休みに会いに行った時もそうだけど、仕事が関《かか》わってないと私がよく知る渉になる。不安や緊張はまだ消えないけれど、自分より取り乱す姿を見て少しだけ落ち着く事ができた。

「な、夏川……？」

「う、うん……」

有り得ない――そう言いたげな渉は一歩二歩と近付いてから目を擦《こす》る。返事をしてみると、渉は確認《かくにん》を終えるように二歩下がった。アニメやドラマで見るような仕草が少し面白《おもしろ》かった。

近付いて遠ざかった渉の前へと、今度は私の方から歩み寄る。

「め、女神《めがみ》……」

「なっ……」

まるで口を衝《つ》いて出たような言葉。過去の渉を思い起こせば何度も聞いたことのあるセリフだった。けれどその語感は何だか妙に懐《なつ》かしく、聞き飽《あ》きて煩《わずら》わしく思っていたあの頃とは違うものに感じた。

「なによ急にっ……」

「や、うん、ちょっと……夕暮れ補正にやられただけだから」

「そ、そんなの――」

頭の中に渦巻《うずま》くもの。委員会を終えて、佐々木くんと話してから色んな事を考えた。訊きたい事、分からない事、知りたい事、ある程度は整理できていたはずの内容がぐちゃぐちゃに掻《か》き混ぜられそうになる。頭へと込み上げそうになる熱を持った何かを、自分にしか聞こえないくらいの声で支離滅裂《しりめつれつ》に説《と》き伏《ふ》せた。口から飛び出る言葉の意味は自分でもわからなかった。

そうじゃない。そうじゃないのだ。

思考を取り戻した頭が心の動揺を断《た》ち切るように訴《うった》える。女神――そんなふうに喩《たと》えられるほど私はご大層な存在じゃない。それどころか人並みの事を為《な》せている自信すらない。自分が小さい頃から親に親戚《しんせき》に同級生と、持て囃《はや》されて来た甘《あま》やかされっ子だって事くらいは自覚している。それが原因だなんて思わない。結局、今の自分を空っぽに仕立て上げたのは自分自身なのだから。

頑張ったつもりだった。苦しんだつもりだった。悩みに悩んで、乗り越《こ》えたつもりだった。

それなら、今こうして心の中が靄《もや》がかっているのは何故だろう。簡単だ、優秀《ゆうしゅう》の皮を被《かぶ》った自分が、実は大した事のない存在である事を認めたくないからだ。女神のように優《すぐ》れてなんかいない、頼れる存在ですらない、私はそんなに持ち上げられるような人間じゃない。出来ない事を認められない、ただの子供なんだ。

対峙《たいじ》するように渉に目を合わせると、どこか焦《あせ》りながら目線を逸《そ》らされた。

「……てか、まだ帰ってなかったんだな。夏川なら一秒でも早く愛莉ちゃんに会いたいなんて言ってとっくに家に着いてるもんかと思ってた」

それはそうだ。その気持ちはある。この世で一番大切なもの、愛莉。愛《いと》しい妹の笑顔《えがお》を守るため、一分一秒でも早く傍《そば》に居てあげたい気持ちはある。でもこのまま家に帰ったとして、自信を持って愛莉に笑顔を向けられるだろうか。中学のあの頃の、引き攣《つ》った笑みをもう家族の誰《だれ》かに向けたいとは思わない。それに――

「そ、それは……あんたを、待ってて………」

「え?」

同じくらい――〝会いたい〟と、心を追い越す衝動があったから。

それをはっきり伝えられたらどれだけ楽だろうか。呼吸の隙間から漏《も》れ出るようなか細い声が情けなく、恥ずかしさで指先が震《ふる》えた。それでも、ここまで来たのなら逃《に》げ出したくはない。

「あ、あんたを……待ってたからっ」

「え?」

な、何で伝わらないのっ……。

思わず言ってしまいそうになった。恥ずかしい思いを隠《かく》し、精一杯《せいいっぱい》どうにか絞り出した声を聞き返されてしまった。代わりに「ううう……」と唸《うな》り声《ごえ》のようなものが出てしまった。悔《くや》しさのあまり視界が少し潤《うる》んで揺《ゆ》れる。感情が抑え切れず、睨《にら》み上げるように渉を見ると、先ほどとは打って変わって、動揺の一切《いっさい》を消した真顔があった。

驚いて、悔しさを忘れる。

「……え、何で?」

本当に分からないと言いたげな目を向けられる。不安や狼狽《うろた》えは無く、何かを探《さぐ》るような——確認するような顔だった。どこか散らばっていた渉の意識が、私だけに注がれたのが分かった。

目が合う。

揺れない瞳。逸れない視線。私の中に真《ま》っ直《す》ぐ飛び込んで来る眼力に圧倒《あっとう》されそうになる。それでも、この気持ちを伝えなければという使命感のようなもので何とか持ち堪《こた》えた。

「……渉と、話したくて……」

「……」

渉の視線の先が私の中で探るように動いた。体が動かない。私の中を、心を、探し物を探すようにごそごそと掻き混ぜる。まるで身体を好き放題に弄《いじ》くられているようだった。一頻《ひとしき》り私を弄《まさぐ》った渉は、視線の先を諦めるように私から取り出した。その異物感が消えた瞬間《しゅんかん》、呼吸が速まった。体全体が熱を帯びたような気がした。左手で右腕《みぎうで》を抱える。いつもより、皮膚《ひふ》の表面が薄くなっているような気がした。

「えっと、何か悩みごとでも……？」

「な、悩みごと……うん……そんな感じ、かも」

間違ってはいない。けれど、問われるまま、適当に答えた言葉だった。考える余裕《よゆう》が無い。話そうと思っていたもの――胸の内ではっきりと形作っていた、水風船のようにどうにか形を保っていたものが割れてしまっている。幸いな事に、飛び散ったそれらは水ではなかった。次の渉の言葉を待つまでに、思考の浅瀬《あさせ》で急いでそれらを拾い集める。問われて答えるまでに、何とか元の形まで戻す事ができた。

「へぇ……どうしたんだ？」

「……えと、最近……ううん。たぶん、ずっと前から、なんだけど……」

絞り出した言葉はぼんやりとしていた。ちゃんと渉に伝わるか不安になる。言いたい事を頭の中で咀嚼《そしやく》し、細かくして、補足して、口から出す。それができたらどれだけ楽な事か。

結局、パッと浮かんだ言葉がそのままこぼれた。

「――私は、役に立ったのかな……」

「えっ？」

訊き返されるのも当然。具体的な内容を含《ふく》まない言葉が理解されるはずがない。ただ面倒な部分だけを伝えてしまった。

伏《ふ》し目《め》がちになっていた視線を上げる。恐《おそ》る恐る渉を見てみると、そこには面倒そうな顔は無く、静かにじっと待ってくれる頼《たの》もしい顔があった。

「役に立ったのかなって……何が？」

急かさず、ゆったりとした言葉。渉は私にもう一度伝えるチャンスをくれた。思えば、今まで渉に言葉を遮《さえぎ》られた記憶《きおく》が無い。気付かなかっただけで本当は聞き上手なんだろう。そんな、ふんわりとした優しさに本当は心を落ち着けるべきなんだと思う。それなのに、何故《なぜ》か鼓動《こどう》は大きくなって私の調子を狂《くる》わせた。

「今回のとか……ずっと、言われるまま手を動かしてただけっていうか……」

「や、一年なんだから普通《ふつう》そんなもんなんじゃねぇの？」

違う。私が伝えたいのはそういう事じゃない。普通がどうとかじゃない。そんな客観的なものじゃない。渉が、私を見てどうだったか。そこが聞きたい。

「でも……」

「……？」

でも、でも、だって。どこかのテレビで見たどうしようもない女の子が頭に浮かんだ。もしかすると今の私はそんな風に映っているのかもしれない。

嫌われたくない。

強く思った。祈《いの》るように渉を見上げる。渉は戸惑《とまど》いながら私を見た。

今の私はどうしようもない。まともに言いたい事を伝える事も出来ない。それが歯がゆくて、惨《みじ》めで、恥ずかしい。思わずどうか察してくれと、そんな不躾《ぶしつけ》な目線を寄越《よこ》してしまう。

「や、俺は――――」

何かを感じたのか、渉はハッとして私を見た。渉にも纏まらないものがあるのか、視線を落として考え始めた。

私を理解しようとしてくれている。

悩ませたくはない。けれど、やや眉間《みけん》にしわを寄せて考えるその姿に嬉《うれ》しさを感じた。

目が合っていない事を好都合に、体の中の熱を逃がすように心を好き放題暴れさせる。

渉の顔をじっと見る。飽きる気がしない。

表情の変化を見逃《みのが》さないようにして渉の考えが纏まったのを察知すると、際限なく膨《ふく》らんでは縮む鼓動を抑《おさ》え付けた。

「あー……っと、そもそも俺は部外者だし？　しかもやってる事はアウト寄りのグレー……何ならアウトだし。学生が文化祭のために他所《よそ》の業者を金で雇《やと》って手伝ってもらうなんて本来は有り得ないというか……そんなのに加担して『よくやってる』も何もないだろ」

「何で……？」

考えるよりも先に言い放っていた。

まるで自分は何も善《い》い事をしていない。そんな風に卑下《ひげ》するように言う渉に納得《なっとく》が行かなかった。追い詰《つ》められて、苦境に立たされていた文化祭実行委員会——渉や石黒先輩が来るまでは先行きが何も見えず、不安の毎日だった。他でもない、暗闇《くらやみ》に落ちかけていた私たちを明るい場所に引っ張り上げてくれたのは間違いなく渉たちだ。そこまでしてやった事が全《すべ》て無駄《むだ》だったなんて言って欲《ほ》しくない。

「や、だから——」

「何で、そこまでするの……？」

「えっ……え？」

狼狽《うろた》える渉。困っているのがわかる。

困らせたくない。責めるような真似《まね》はしたくない。そんな事は分かってる。今すぐ口を閉ざしたい。胸の中、どこか冷静な自分が濁流《だくりゅう》のように溢《あふ》れ出る言葉を止めようとしている。けれど、温度と勢いが乗ったそれらを止めることは出来なかった。

「何で渉がやったの……？」

「や、その——」

「なんで……どうやったらそんなに頑張れるの？」

「……夏川？」

………。

少し、強い言葉だったけれど。それがやっと伝えられた本音だった。もうこれで良いんじゃないかと思う。諦めて、あくまで冷静であろうとする自分を切り捨てた。

「最初に渉が現れた時はびっくりした。全部知っていたかのように手伝って、次には先輩の人と一緒に指示を出して、打ち合わせみたいなものに参加したりもして……。いろんな理由で生徒会も危ないって知った時は、お姉さんを助けるために頑張ってるのかと思ってた」

「あ……」

「――でも、渉ははっきり『違う』って言った」

そうだ。そこから私は気になり始めた。

あの渉が、お姉さんを差し置いてまで頑張り続ける理由は何なのかと。一度気になると、その思いは際限なく膨らみ続けた。

「あ、あれはっ……あっと、ほら、姉弟《きょうだい》だしさ。『姉貴のため』なんて小っ恥ずかしいこと真正面から言えないじゃん？　元々そんなに仲良いわけでもないし」

「嘘《うそ》。あの時、見てたから。誤魔化《ごまか》す顔でもムキになってる顔でもなかった。私だって、中学生の頃から渉のことを知ってる」

「……」

〝付き纏われていた〟。少なくとも今もそう思っているあの二年間。渉は私に興味を持って、私の色んな事を知ったのだろうけど。私だって、その間ずっと渉と過ごして来た。感情が乗ったときの顔、仕草、声色《こわいろ》。渉のことを知ろうとはしなかったかもしれないけれど、記憶を辿《たど》ればそこにはいろんな渉の姿があった。

渉が、私の目を見る。

「…………何で、そんなに知りたいんだ？」

「……っ……」

一瞬《いっしゅん》……ほんの一瞬だけ、その目に苛立《いらだ》ちが浮かんだような気がした。訊《き》き返しながら元の机の場所まで戻《もど》った渉は、若干《じゃっかん》乗り上げるように机にもたれかかって、また私を見た。その頃には、先ほど一瞬だけ感じた鋭《するど》さはもう無くなっていた。心が揺さぶられる中、何とか答える。

「…………わ、わかんない」

「なら、良くない？」

すかさず言葉を返される。渉の目からは言いたくないという意思が感じられた。私の中でモヤモヤしたものが膨らんだ。

〝言いたくない〟。それはつまり、ちゃんとした理由があるということ。渉はお姉さんじゃなく、別の何かのためにずっと頑張っていて、ひたむきに前を向いている。

渉の原動力。渉の秘密。本人が〝嫌〟というなら、本当は無理に聞き出すべきではないのかもしれない。頭ではわかっていても、それを知りたいと強く思う気持ちがさらに言葉を紡《つむ》がせた。

「や、やだ……」

「………」

子供じみた言葉。愛莉の口から何度も聞いた。

不思議とそんな自分を否定する気にはなれなかった。きっともう、私は自分が納得しないと気が済まない子供なんだと開き直っているんだろう。普通なら、こんな姿は誰にも見せたくない。

でも。でも、渉になら――。

『――だってあいつは……ずっと前から夏川のことが好きなんだから』

佐々木くんの言葉を思い出す。当たり前のように分かっていたはずなのに、それを思い出す度に何かを突き付けられるような感覚がする。そう感じるのは、私が目を背けている証拠《しょうこ》だ。

春の終わり。渉から決別するかのように告げられた時、思ったより動揺してしまったのを憶えている。今思えば、その時からとっくに私は目を逸らし続けていたのかもしれない。

〝気になる〟――たったそれだけの気持ちを認める事ができずに。

「……」

見ると、渉は少し目を見開いて意外そうに私を見ていた。そんな渉にどこか後ろめたさを感じる。〝女神〟だなんて喩えてみせたほどだ、私の口から我《わ》が儘《まま》としか言い様のない言葉が出て面食《めんく》らったのかもしれない。

「………はぁ……」

「…………！」

渉が小さく溜《た》め息《いき》を吐《つ》いた。ただの呼吸のような、注視していないと気付けないような、そんな小さな溜め息。

呆《あき》れられたのかな。嫌われたのかな。もしそうなら、胸が痛い。

興味がある、気になるだなんて言葉にできない。だって、私は今まで渉の想いを何度も踏みにじって来たのだから。〝もっと知りたい〟なんてそんな言葉、烏滸《おこ》がましいにも程《ほど》がある。何かを築いて行くには、とっくに手遅《ておく》れなのかもしれない。それでも。それでも。

それでも。

「夏川、あのさ――」

「……え……」

——優しい声だった。

俯《うつむ》いていた顔を上げると、渉は机に座《すわ》ったまま窓の外を見ていた。夕暮れを越え、紫《むらさき》色《いろ》に変わる空に同じ色の瞳を溶《と》かして。

どこか自嘲《じちよう》気味に口角を上げる横顔は、教室を覗いたときに最初に見たものを想起させた。そこに、つい力が抜《ぬ》けてしまうようないつもの笑みは無かった。そして、ほんの少しだけ痛みを我慢《がまん》するような顔で。

私の知らない顔で、そっと呟《つぶや》いた。

「——あ……」

……………神様——女神様。

私は貴女《あなた》のようにはなれません。誰よりも可愛《かわい》い妹の世話が好きだけど、まだ子供な自分が捨てきれず、つい駄々《だだ》をこねてしまいます。頑張って優しいお姉さんになろうとするけれど、少しつらいと、誰かに甘えたくなってしまいます。まだ、大人になれそうにもありません。

だから……教えてください——

「――惚《ほ》れた弱みだよ」

抑えきれない熱は、どうすれば冷めますか。

8章 明日への逃避

目が離せなかった。

夕焼けと交わる瞳は私を掴《つか》んで離さない。一歩でも動いてしまえば、私ですら言葉で表せない感情を見透《みす》かされてしまうような気がした。顔が熱い、体も熱い。唯一《ゆいいつ》幸いだったのは、夕焼けの炎《ほのお》に燃やされているのは私もまた同じであるということだ。橙《だいだい》と紫の混じるその光のおかげで、間違いなく紅潮しているこの顔を隠さなくて済んだ。

『――惚れた弱みだよ』

数秒前、空気に溶かすように囁《ささや》かれた言葉を思い出すように反芻《はんすう》する。違う、そんなものは意識なんてしなくても勝手に頭の中で繰《く》り返されている。何度も何度も、巡《めぐ》り巡って、私の脳を、心を溶かしている。

『――だってあいつは……ずっと前から夏川《なつかわ》のことが好きなんだから』

また佐々木《ささき》くんの言葉が再生された。渉《わたる》は私の事がずっと好きらしい。でも私がそれを知っているのは一学期のあの日、渉の家で、他でもない本人から想いを告げられたその時までの話だ。最近の渉が私の事をどう思っているのかなんて分からなかった。じゃあ、佐々木くんのあの言葉が、今の渉に対して向けられた言葉なのだとしたら――

「……ぁ……ぁ…………」

顔が熱い。

夕日が沈《しず》んでいく。まだ行かないで欲しい。私の顔は間違いなく熟した果実のままだ。このままではこの顔を見られてしまう。恥ずかしい。この気持ちを、胸の内から飛び出したままどうする事もできないそれを見られるのが恥ずかしい。だから、どうかまだ行かないで――。

「…………帰るか」

――え？

次の言葉を紡いだ渉。少し疲《つか》れたように息を吐き出すと、前の机に置いていたバッグを持ち上げて、私の横を通りすぎて行く。

「……ぁ、え……？」

「や、ほら……外も、暗くなり始めたからさ」

そうじゃない。

あまりにも平然とした様子の渉。ついさっき、甘い言葉を囁いたようには到底《とうてい》思えない様子で、ほとんど翳《かげ》った教室の真ん中まで歩いて行く。その変わり様に、上手《うま》く言葉を紡《つむ》ぐ事が出来なかった。

――夢だったの？

さっきまでのあれは、私の妄想《もうそう》？　聞き間違い？　だからそんなに何も無かったかのように居られるの？　あの目は、瞳は、愛《いと》おしいものを見つめ、少し痛みを知るように話した言葉も全部、現実じゃないの……？

「……あ…………」

い、嫌《いや》だ……。

熱が引く。あれだけ望んだ事が、追い返す間もなく恐怖心《きょうふしん》に変わって襲《おそ》って来る。昂《たかぶ》った心、初めての感情、その全てが嘘偽《うそいつわ》りの妄想に対して向けられたものだと信じたくはなかった。

「ま、待ってっ………」

全力で声を出す……が、震える口から出たのは目の前にふわりと浮いては消えて行くだけのか細い声だった。平常心なら向かいの校舎にまで届いていたはずの声も、まるで残り僅かな命の灯火《ともしび》のようにそよ風に煽《あお》られて消えて行った。それほどまでに、私の中に余裕などというものは無かった。

どうにもならない自分の体。つい縋《すが》るように渉を見ると、いつもの黒に戻った瞳がこっちを見ていた。

「――待つよ」

「……ぁ……」

ふっ、と笑う渉。瞳こそいつも通りなものの、そこに居る渉はやはりいつも顔を合わせている男の子のようには思えなかった。現実に響くたった三文字の言葉が、いとも容易《たやす》く私の心の中に入り込み、掻《か》き乱していく。

「暗くなるのに、一人にできるかよ」

「……っ……」

どうして。

動くようになった足が本能のままに渉のもとへと向かって行く。大人びた顔が段々と近付くにつれ、立ち止まろうとする思いは背中から抜けて行った。そこへ辿り着くまでの時間はあまりにもゆっくりで――。

歩幅《ほはば》が合わさったとき、私はその場所を誰にも譲《ゆず》れなかった。

「……」

「……」

気が付けば昇降口《しょうこうぐち》に差し掛《か》かっていた。

教室からそこに向かうまでに会話は無く、けれど、少し前を行く渉は時おり後ろを歩く私を見て少し速度を落とした。その度にふっと細くなる目の優しさに、ただの同級生に向ける友愛とは違《ちが》うものが含まれている気がして、大きくなる鼓動に余計に足元が覚束《おぼつか》なくなってしまった。

これは自惚《うぬぼ》れなのだろうか。私がただ自意識過剰《かじょう》なだけなのだろうか。渉が私に向ける想いがまだ生きているのだと思うと、胸が痛くて仕方がない。

あれだけ知りたかった渉の〝頑張る理由〟。その時間が、手間が、心の傾きが、その全てが自分に向けられたものだったのだと思うと頭がくらくらとしてしまう。そして労《ねぎら》いや申し訳なさより先に、どうしようもなく嬉しさが突《つ》き抜けてしまう自分が単純に思えて仕方がない。

昇降口を出て、外の微《かす》かな光を浴びる渉。

少し空を見上げ、一息つく渉。

秋口の涼《すず》しい風を受けて気持ち良さそうに安らぐ渉。

思わず注目してしまう。このまま手元を見ないで渉を見ていても、靴《くつ》を履《は》き替《か》える事は永遠にできないだろう。渉が先に行ってしまわないかという恐れを抱《いだ》きつつ、何とか履き替えて追い付いた。

「——秋だな」

「え……？」

「何か、ほら……ずっと集中してたから。ついさっきまで、まだ真夏なんじゃないかって思ってて。もうこんな涼しかったんだなって」

「……そう、ね」

文化祭実行委員会の活動がまるで夏のもののように感じていたのは私も同じだった。だけど、私が初めて秋を感じたのは夕焼けに瞳を溶かした渉を見た瞬間だった。明日からの景色はどのように映るのだろう。あれだけつらかった時間も、今では思い出に変わりつつある。

どこからか、すず虫の鳴き声が聞こえた。

「……」

「……夏川？」

「あっ……う、うん……」

様子を窺《うかが》うような渉からの問いに、あいまいに答える。

真横に立つと、渉が見えない。だからつい少し後ろを歩いてしまう。その方が顔がよく見えるから。気が付けばこれ以上無いくらいトボトボと歩いていた。さすがに歩くのが遅《おそ》すぎたのか、渉は訝《いぶか》しむように私を見ていた。

顔が熱くなる。自分が単純すぎて恥《は》ずかしい。見られたくなくて、慌《あわ》てて渉の横に付く。

「……」

「……」

沈黙《ちんもく》の帰り道。渉は何も話さない。バレないように横顔を窺うと、渉はただ真っ直ぐ前を見て歩いていた。ただどこか眠《ねむ》そうで、疲れているようにも見えた。大人びて見えていた時とは一転、少しあどけなさを感じる。

どきどきする。胸に手を当てれば、鼓動を分かりやすく感じることができた。

おかしい。渉は今までこんなに格好良かっただろうか。こんなに可愛かっただろうか。見れば見るほど胸の奥《おく》が熱くなって、思わず触《ふ》れてしまいそうになってしまう。ただ横に立つだけで渉の匂《にお》いが伝わって来て、頭の中が溶けて行くような気がした。

こんなのは初めてだ。今までの人生で一度も経験したことが無い。

視線を落とすと、すぐ右には渉の手が有った。私よりも大きい手だった。少し手を伸《の》ばせば簡単に触れる事ができる。たった十五センチほどの距離《きょり》なのに、その手を取る事ができず歯痒《はがゆ》い気持ちになった。

「――あ」

視界に映った光景に思わず肩《かた》を落とす。

悶々《もんもん》としていると分かれ道が来てしまった。いつの間に、と思った。学校から出てそんなに時間が経《た》った気がしない。まだ十数歩しか歩いていないような気がする。それまでの時間をずっと渉の左手と戦っていたのだと思うと、また少し顔が熱くなった。

誤魔化すように視線を外してまた見ても、そこには渉と別れなければならない道しかなかった。

――やだ。

思わず立ち止まってしまう。まだ渉と居たいという強い思いが足の動きを封《ふう》じた。先を行く渉はそんな私に一拍《ぱく》遅《おく》れて気付く。不思議そうに振《ふ》り返った後に、辺りを見回して納得したように言った。

「もうここか」

「うん……」

呆気《あっけ》ない帰り道。眠そうなまま、情緒《じょうちょ》も無く呟《つぶや》く渉に少し悲しい気持ちになる。もう少し、何か、何かあれば。このまま別れるのだけは嫌だという焦燥《しょうそう》感が生まれる。

「……ふぅ……」

「……!」

私に背を向けて、その場で少し肩を落とした渉。聞こえてきたのは疲れを感じさせる溜め息の音だった。私に気を遣《つか》って見えないようにしたのだろう。そんな仕草が、揺れ動く私の心を堪《たま》らなく刺激《しげき》する。

もう、我慢できなかった。

「なつ——え?」

「……」

「……」

少しがっちりした感触《かんしょく》だった。呼吸をしてみると渉の匂い以外何もしない。うずめた背中は温かいと思いきや、少しひんやりとしていた。指先でなぞってみると、でこぼこした体の筋《すじ》を感じた。

「ごめん……ちょっと、つまずいて……」

「……あ、え? つ、つまずいた?」

「うん……つまずいた」

女の子と違う低い声が、渉の体から振動《しんどう》となって伝わって私の体を刺激する。

腕《うで》を回す。もっとふかふかしてると思ってたけど、思ったより硬《かた》い感触だった。

ぎゅっと腕に力を入れると、渉の背中が少し熱くなった。頬《ほお》に伝わるその温《ぬく》もりを全身に行き渡《わた》らせるように、そっと目を閉ざして感じる。

「な、なつかわ……」

「……ね。疲れた……？」

「え、え……？　つかれたってか……まぁ、うん……緊張《きんちょう》の糸が切れたっていうか……」

「そうなんだ」

誰かのためだなんて関係ない。渉は頑張《がんば》った。その姿を羨《うらや》んで嫉妬《しっと》したはずだったけど、今ではそんなことどうでも良かった。ただ愛おしく感じてしまう彼を、労《ねぎら》わずには居られなかった。

「お疲れさま、渉」

——好き、かも。

背中に向けて、息だけで伝えた。

聞こえなくていい。伝わらなくていい。今の私にその資格は無いのかもしれないのだから。ただ、せめてこの抱擁《ほうよう》だけは。二年以上の歳月《さいげつ》に免《めん》じて、どうか許して欲しい。

『——惚れた弱みだよ』

誰のために向けられた言葉なのか。渉の言葉で聞きたい気持ちはある。だけど今はそれを問い質《ただ》そうとは思わない。今それを知ったとして、どんな結果に転んでも私が私の有り様を納得できないか、傷付くかだけのどちらかだと思うから。

「……」

「……」

振り向かせないように、背中に両手を添《そ》える。この顔だけは絶対に見せられない。もし見られようものならきっと私は泣いてしまう。これもまた、私自身のための我儘《わがまま》だった。

「また明日、ね？」

「……ぁ――」

一歩踏《ふ》み出したところで、見える景色は何も変わらないかもしれないけれど。逃げてばかりの私だけれど。

しっかりと前を向いて逃げ出したのは、これが生まれて初めてだった。

9章 忘れられない

西の空が白んでいる。向こう側はまだ昼の明かりが微《かす》かに残っていた。

真上は星の散らばる濃紺《のうこん》の空。今はいったい何時なんだろう。今さらスマホを取り出して確認《かくにん》する気にもなれない。

丁字路《ていじろ》のカーブミラーに丸々と肥えた俺《おれ》が映っていた。表情は歪《いびつ》で見えない。自分が今どんな顔をしているのかなんて興味は無かった。

「…………………ええ？」

理解が追い付かない。疑問の声を上げる事が出来たのはそこに棒立ちしてかなり経った後だった。体の表面にさっきまでの熱はもう残っていない。秋どころか冬さえ感じさせる冷たい空気が制服の隙間《すきま》を通って攫《さら》って行ったからだろう。

――つまずいたん、だよな？

ふわり、と包《つつ》み込《こ》まれた感触を思い出す。背中だけじゃない、だらりと下げた腕の隙間を通って、夏川《なつかわ》の指先が俺の脇腹《わきばら》を撫《な》でていた。確かめるように動くその感触が脳裏《のうり》にこびりついて離《はな》れない。俺は夢でも見ていたのかもしれない。

背中で囁かれた〝お疲れ様《さま》〟というくぐもった声が頭の中で何度も反芻されている。一語一語に熱を感じるのは背中からじんわりと上がって来た吐息《といき》の温かさだった。つまずいて驚《おどろ》いたのか、その言葉の後も、同じような熱い息を背中に感じていた。

――――本当につまずいた？

ぶつかるような衝撃《しょうげき》はなかった。錯覚《さっかく》してしまったのは絶対で、回された腕は三時間くらいこの体の表面にあったように思えた。熱く、甘《あま》く、酷《ひど》く魅惑的《みわくてき》な時間だった。あの時の温もりが全て北風に攫われたのだと思うと、好ましい季節の到来《とうらい》をただ恨《うら》めしく思うことしかできなかった。

わからない。時間の流れを忘れてしまった俺ではもう夏川の真意をつかめない。もしかすると俺の時間が止まっただけで、夏川は直ぐに慌てて離れていたのかもしれない。あの労いの言葉は、勝手に疲れたアピールを決《き》め込んでた俺の夢見がちな幻聴《げんちょう》だったのかもしれない。

だって、もう背中にあの温もりは感じないのだから。

確かめる方法なんて有りはしない。夏川が「つまずいた」って言ったのならそうなんだろう。それが嘘か本当か確かめられる度胸があるなら、俺は今ごろ毎日夏川と手を繋《つな》いで帰ってる。きっと、考えたって仕方のない事なんだろう。

どれだけ考えたところで結局何もわからないままだけれど。

「………ラッキー」

今は、そうやって自分の幸運を喜ぶ事にした。

◆

門限の無い家《うち》だけど、何気に日が落ち切ってから帰るのは初めてだった。遊ぶ金欲しさにバイトを始めたりする不良少年が、今さらこの程度で怒《おこ》られたりなんてしないだろうが。そもそも遅くなったところでわざわざ晩飯を待ってくれるほど殊勝《しゅしょう》な家庭じゃない。今ごろ姉貴はソファーに寝転《ねころ》がってスマホかテレビのリモコンを相棒にしてるに違いない。とはいえ、お袋《ふくろ》からは遅くなった理由を訊かれそうだ……やだなぁ。

意を決して玄関《げんかん》の扉《とびら》を開け、ガチャリと帰宅の音を鳴らす。

「――どうだった⁉」

うわうるせっ。

帰宅したそばから『ズパァンッ！』と開けられたリビングの扉から野生の姉貴が飛び出

して来た。本当に野性的な恰好《かっこう》なのがまた……ターザンかな。てかもう割と肌寒《はださむ》いんだけど。女子って指先とか冷えやすいんじゃねぇの？　姉貴に常識は通用しないわけ？　特殊《とくしゅ》な訓練でも受けたの？

「……何でそんなテンション高めなんだよ」

ダウナー系代表の姉貴がはしゃぐなんて、安室《あむろ》ちゃんが紅白に出た時くらいだ。引退したからもう二度とはしゃがないと思ってた。

「夏川さん」

「……っ…………」

すん、と名前を出されて肩どころか心臓が跳《は》ね上がった。〝姉貴の口から飛び出す名前ランキング〟圏外《けんがい》のはずの夏川の名前が、なんで……？　え、もしかして見られてた？

頭の中でファンファンと警報が鳴り響《ひび》く。そこからウィーヒザステップステップと続いた。マジで踊《おど》り狂って姉貴の頭から記憶を消し去ってやりたい。お袋に泣かれそうな気がしたからやめた。

「ななな何のこと、かな？」

「とぼけんな。あの子、アンタが生徒会室から出てくんの健気《けなげ》に待ってたんだからね」

「えっ」

確かに夏川は「待ってた」って言ってたけど……生徒会室？　文化祭実行委員会の教室じゃなかったのか。あれ？　じゃあ何で俺があの教室に居ることを知ってたんだ？　向かった時、あの場所には俺以外誰《だれ》も居なかったはず……。

『――しっかりやんなよ』

……あ。

そういや、姉貴からたった一言だけ変なメッセージが来ていた。いろいろ終わった後にあの内容だったから意味が分からなかったけど。今から何をしっかりやんだよって思ってたけど、あれはもしかして夏川の事だった……？

「生徒会室出て横から外に出たとこにある階段。あそこにずっと座ってアンタを待ってたの。肝心《かんじん》のアンタは気付かず行っちゃってたけどね」

「え……何それ」

想像しただけで可愛いんだけど。という事は、姉貴が夏川を見付けて俺があの教室に居る事を教えたのか。危ねぇっ……知らず知らずのうちにとんでもないすれ違いが起こるとこだった！　夏川を待ちぼうけにさせた挙げ句に放《ほ》ったらかしで帰るとか死ねる！　ありがとうお姉様！

夏川が気にしていたこと――俺が文化祭実行委員会に関《かか》わった理由、だったか。夏川がそれを知るためにあそこまで俺に食い下がった理由が何となく分かった気がする。そりゃ散々待たされた挙げ句にはぐらかされるとか納得行かないよな。意地でも聞き出したくなる気持ちもわかるわ。結局、あれで納得してもらえたかは分からないけど。

「で、どうなったの。てかこの前はスルーしたけどアンタら良い感じ？　いつの間にそんな感じになってんの？　何かヤバい感じじゃなかったのアンタら」

「何だよ〝ヤバい感じ〟って……」

「何って、アンタが風邪《かぜ》でぶっ倒《たお》れる前にあったじゃん。家で、何かアンタが訳わかんないこと言ってたやつ」

「忘れろ」

珍《めずら》しく踏み込んで来たなぁ……いつもの姉貴なら揶揄《からか》う程度で浅瀬《あさせ》で引き上げるのに。何でそういう話だけ興味津々《きょうみしんしん》なんだよ。姉貴だって、二年くらい前のギャル時代の話を持ち出すと不機嫌《ふきげん》になるし、生徒会のイケメンとの親密度なんて話題にしようもんなら露骨《ろこつ》に話を逸《そ》らすだろうに。

「色々あったんだよ。姉貴と同じように、な」

「はぁっ!?」

「あんがとよ、夏川に場所教えてくれて」

靴を脱《ぬ》ぎながら言葉のカウンターを繰り出すと、珍しく姉貴の頬に命中する手応《てごた》えを感じた。礼を言えたのは過去をほじくり返されて不機嫌になる姉貴の気持ちが理解できたからだ。これも姉弟だからだろうか。ちょっと前まで姉貴と分かり合うなんて一生無いくらいに思ってたはずなんだけど。

固まった姉貴の横を通ってリビングに入る。今日の晩飯は和食だったのか、醤油《しょうゆ》の匂いが充満《じゅうまん》してた。少し冷えた体には丁度良い。それに何だか今は優《やさ》しい味を求めているような気がした。

「おかえり」

「ん。ただんます」

俺を見てソファーから立ち上がるお袋。晩飯の準備をしてくれるらしい、タイミングがずれたのが申し訳なくて謎《なぞ》に畏《かしこ》まってしまった。親父《おやじ》はダイニングテーブルで何かの資料を見ている。

「……？」

違和感《いわかん》を覚える。

醤油の香《かお》りとは別でリビングの空気がおかしい。何か妙《みょう》に張り詰めたものを感じる。親父は食後のコーヒーのカップを口から離さない。よく見たら目線がずっと固定されている気がする。お袋は頻繁《ひんぱん》に俺に言ってくる世の中の男子高校生がうざったく感じるセリフランキング一位の「今日学校どうだった？」を言って来ない。何ならこっちから「今日の学校普《ふ》通《つう》だったよ」と報告してしまいそうになった。いや普通じゃなかったんだけど。

「……ん？」

や、待てよ……？

「……な、なに」

気まずそうにリビングに戻って来た姉貴を見る。姉貴は足を止め、サッと俺から目を逸らした。俺が居るソファーの方に足を向けていたはずなのに、急に台所の方に方向転換《てんかん》した。あ！　こ、これはッ……！

「あ、姉貴！」

「は⁉　何でもないし！」

てんめぇお姉様ァッ……‼　さてはさっきまでの話、全部お袋たちに喋《しゃべ》ってやがるな⁉　どうりで何かお袋も親父も態度がおかしいと思った！　今も妙に生温かい視線送って来てるし！

お袋ォ！　小豆《あずき》とごま塩を取り出すのはやめろ！　何もめでたい事なんか起こってねぇぞ！　俺は肉じゃがか高野《こうや》豆腐《どうふ》が食べたい！

親父ィ！　それは仕事の資料じゃねぇ！　この前姉貴が勝手にリビングに置きっぱなしだった俺のバッグ漁《あさ》って取り出した小テストだ！　闇《やみ》の炎に抱かれて消えろッ！

姉貴ィ！　それはショーパンじゃなくて俺のパンツだ！　どっから持ってきた！

◆

姉貴から俺のパンツを投げつけられた明くる日の朝。忘れ物が無いか考えながらテレビの星座占《うらな》いを眺《なが》めていると、台所から出てきた姉貴が俺を見てピタリと止まった。

「……なんそれ」

「んぇ？　ああ……」

スムージーをキメこむ姉貴の視線の先は、俺が雑に巻き付けたネクタイに注がれていた。

確かに未《いま》だかつてないほど歪《いびつ》だ。どうやら俺はまだ昨日の動揺《どうよう》が抜けていないらしい。何だこれ、仕事帰りの親父かよ……そもそもネクタイ結んだ記憶《きおく》すら無いんだけど。

「貸しな」

「あちょっ……」

くっ、とネクタイを引っ張られて立たされる。姉貴は中身が無くなりかけのプラスチックのシェイカーを口に咥《くわ》えたまま、俺のネクタイをほどいてから結び直した。

「ほら」

「……サンキュ。さすが副会長」

「言ってな」

姉貴は俺の煽りをサラッと流すと、そのまま残りわずかなシェイカーの中身を飲《の》み込んで空になったそれを口の動きだけでぺいっと流しに放った。どこの器用さ磨《みが》いてんだよ。

「こらっ、楓《かえで》！　容器を流しに放《ほう》らない！」

「ごめーん」

お袋から叱《しか》られて謝《あやま》る姉貴。ありゃ反省してないな……そのうちラーメン用の器すら口から放りそうだ。ゴリラで何より。

いつもならそっちのけにする朝のやり取り。巻き込まれないようにそっぽを向いて食パンでも齧《かじ》ってるはずだけど、今は意識を自分だけに向けるのが苦痛に感じていた。

「……ふぁ………」

欠伸《あくび》をしたところで消えはしない昨日の記憶。俺は現実逃避を諦《あきら》めることにした。

気にするほどの事ではないのだと自分を誤魔化《ごまか》した昨日の帰り道。家に帰ってからの一悶着《もんちゃく》で忘れかけていたはずなのに、どうも俺は寝《ね》る前にベッドの中で一日を振り返る癖《くせ》が

あるらしい。おかげ様で朝から自分でもわかるくらい上の空だ。

抱き竦《すく》められた背中の温かさ。夏川本人が〝つまずいた〟と言うからにはそうなんだろう。けれど、気にするだけ無駄《むだ》だと直《す》ぐに割り切るにはあまりにもインパクトが強すぎた。

――――やらかかったなぁ……。

ほとんど眠れなかった。悶々とし続けたこの夜は二度と忘れられないだろう。俺と夏川の関係性とか気まずさとか、今日どんな顔して会えば良いのとか、それはそれとして男子高校生の本能的な別の問題があった。久しぶり思春期、元気にしてたか？

いや……こう、なに。時間の感覚を忘れても、あの温もりと感触だけは脳みそに強く焼き付いているわけで……しかも制服は夏服だったわけで……つまずいた勢いのせいかギュッと抱き着かれたわけで……ほんと何これ。夜の寝る前ならわかるけど……でも朝はダメじゃん……。

カリッカリの硬い食パンを強く噛《か》みちぎって、脳みそを揺《ゆ》らした。

◆

昨日の夏川との帰り道の一件が事故だったからって、素知らぬ顔でいつも通りに顔を合わせられるかと言われれば無理がある。それなのにこんなときに限って俺と夏川の席は前後だなんて、嬉《うれ》しいのか不幸なのかよくわからない——や、嬉しいな。改めて認識《にんしき》したら心が弾《はず》みまくってる俺が居る。後ろで夏川が俺の後頭部見つめてるってだけでもう堪《たま》んねぇわ。だから最近授業に追い付けねぇんだな、ようやくわかったわ。

「あ……」

登校して教室に入れば当然、そこには夏川が座っている。机にあるのは古文の課題プリントだった。昨日も遅かっただろうし、愛莉《あいり》ちゃんの世話のことも考えるとそんなに時間が取れなかったんだろう。古文は五限目だし、今の段階から空き時間の合間を縫《ぬ》ってやれば、まぁ間に合うだろ。うん、俺もやらないと……。

重要なのはここからだ。無視は論外——席が前後で無言の着席はまず有り得ない。気まずいのはお互《たが》い様のはず……ここは男の俺がリードしていつも通りの挨拶《あいさつ》を——

「あっ、おはよ。渉《わたる》」

いつも通り……だと？

え、マジ？　あんな事があってそんな普通に居られるものなん？　何にも意識されてない感じ？　逆にショックなんだけど。何ならいつも以上に穏《おだ》やかな微笑《ほほえ》みなんだけど。え、本当にどゆこと？　もしかして昨日のアレ夢だったん？　じゃあ何、現状、気まずいの俺だけってこと？

これが夢だったとして。だとしても、何で夏川は気まずそうじゃないんだ？　俺たちって前に同中《おなちゅう》だったハルと鉢合《はちあ》わせて以来、気まずくなってたはずじゃねぇの？　実際あれから夏川とは一緒《いっしょ》に文化祭に向けて仕事をしたり一緒に飯食ったり一緒に帰ったりと、ろくに話して——ん？　んんん？　気まずかったん、だよな？

何故《なぜ》だろう、最近夏川とよく一緒に居る気がする？　何ならストーカー時代より——誰がストーカーだよ。ちょっと好き過ぎて付き纏《まと》ってただけだから。英語でそんな奴《やつ》のこと何て言う？　それが答えだ。ヤバいな。

「ちょっと」

「えっ」

気まずさも極《きわ》まって取り繕《つくろ》うことも出来ずに居ると、いつの間にかすぐ目の前に夏川が立っていた。ふわりと夏川の甘い香りが漂《ただよ》う。その瞬間《しゅんかん》、昨日の帰り道の一件が頭の中に鮮烈《せんれつ》に蘇《よみがえ》り、俺の背中に温度が灯《とも》った。俺もう無理かもしれない。

「ネクタイ、裏のが出てる」

「え、マジで………ん？」

「な、なに……？」

「あ、いや、何でもないけど……」

スッと俺のネクタイに手を伸ばして整えてくれる夏川。家を出る前までぼんやりしてたし、ちゃんとできてなかったかぁ、なんてドキドキしながら任せたものの、直ぐに違和感を覚えた。

――姉貴が直してくれなかったっけ？

自分でも確認し直したつもりが出来ていなかったらしい。それか道の途中《とちゅう》で風に煽《あお》られてどうにかなっちゃったか……季節の変わり目で今は風が強いからな。何にせよ幸せな事には違いない。もはや俺には開き直ってデレデレする道しか残されていないのだろう。ぐへへ……やめとこ。

「……ん？」

不意に、夏川が俺の上に手を伸ばす。

「か、髪《かみ》も……」

「えっ、いやいや」

申し訳なくて思わず一歩引いてしまう。

どうも寝不足《ねぶそく》も相まってか全体的にだらしない感じになっているらしい。どうせ前みたいにベタベタとワックスを付けてるわけじゃないし、自分で手櫛《てぐし》すれば済む話。距離が近すぎてヤバいのもそうだけど、少しの身だしなみ程度ですぐに異性にボディータッチをしちゃう夏川に危《あや》うさを感じた。愛莉ちゃんに甲斐甲斐《かいがい》しくするのはわかるけど俺はヤバい。

「このくらい自分で——」

「じ、自分じゃ見えないでしょっ……」

「ええっ……⁉」

く、食い下がってきた……⁉

え、もしかしてそんなに俺の髪型《かみがた》ヤバい？　自分で触《さわ》った感じだとどこも撥《は》ねてる感じしないけど……。それとも何か？　思わず甲斐甲斐しく世話してしまうほど俺の背中から哀愁《あいしゅう》が漂ってた？　悶々としてるだけで悩《なや》んでるわけじゃないんだけど。強《し》いて言うなら伸びた鼻の下が元に戻《もど》らないくらい。もしかしたら鼻の下だけゴム人間なのかもしれない。

「——やっほ。どしたの二人とも。イチャイチャしちゃって」

「……っ……！」

少しムキになった様子で手を伸ばして来る夏川を躱《かわ》してると、後ろから陽気な声が割って入って来た。同時に夏川がサッと離れる。振り返ると、部活の朝練上がりらしい芦田《あしだ》が近付いて来た。

「べ、別にイチャイチャしてなんてっ……！」

「やー、朝からお熱いね。制服、まだ夏物から替えなくて良かったよ」

「もうっ……！　なに言ってるの！」

そうだぞ！　なんてことを言うんだ芦田！　ホントに気まずくなるだろ！

——なんて言い返す余裕《よゆう》も無く……後から襲って来たドキドキでそれどころじゃなかった。いやこれもうドキドキってか動悸《どうき》だな。思わず心臓のとこ押《お》さえちゃってるし。十代にして血圧に殺されそうなんだけど。完全犯罪じゃん。やっべぇな女神《めがみ》。

「にひひ。いやさ、ちょっと前まで愛《あい》ち、忙《いそが》しさで疲《つか》れてるっぽかったからさ。安心したよ」

「あ……」

歯を見せて笑う芦田。夏川がぷんぷんする様子がむしろ嬉しかったみたいだ。確かに、ちょっと前までの夏川は忙しそうで、芦田がじゃれついても反応が薄《うす》い時期があった。こう見えて人の機微《きび》に敏感《びんかん》な芦田だから、夏川の様子にも気付いていたんだろう。

「一日一回のハグ！」

「きゃっ……⁉　ちょ、ちょっと……！」

おい芦田おまっ——ハグ⁉　一日一回だって⁉　お前そんなことしてたの⁉　そんな堂々と恥ずかしげも無くなんて羨ましい事をっ……！　土日もか！　土日も会ってそんな

事してたんか！　俺なんか昨日の一回で限界――――うわあああァァァァッ！！！

「もうっ……圭《けい》！」

「おい芦――あ？」

いくら芦田様とて許せぬ――そう思って光弾《こうだん》を放とうとすると、夏川の肩から顔を出す芦田が俺を見た。無邪気《むじゃき》、というより何か含《ふく》みのあるニパッとした笑顔《えがお》を向けてきた。見せつけてるだけかもしれないけど、何かを俺に伝えてるように思えた。

何文字だったか、嬉しそうな顔で口パクされた言葉が何か、俺にはよく分からなかった。


――やるじゃん。

「はい終わった～、解・放」

「え～さじょっち早い！　合わせてよっ」

「そーだそーだ！」

「いとをかしいとをかし――痛《い》てっ、シャー芯《しん》飛ばして来んな！　おい消しゴムから手を離せっ」

古文のプリントを終わらせて椅子《いす》に背中を投げ出すと、後ろで夏川《なつかわ》の席に椅子をくっ付けていた芦田《あしだ》が文句を言ひけり。煽《あお》ってやると芦田がシャーペンの先から芯の欠片《かけら》をピン、ピンと爪《つめ》で飛ばして来た。地味に痛《い》てぇし首の後ろに当たって制服の中に入って来るし、山崎《やまざき》は消しゴムで俺のプリントの答え消そうとしてくるし山崎は家燃やす。

夏川含め、ものの見事に古文の課題を忘れてた三人と一匹《びき》。夏川は当然のごとくひと足早く終わらせていて、俺は芦田と一緒にあざとキモい顔を作って「見せて」と強請《ねだ》ったらムッとした顔でそっぽを向かれた。芦田は「ちぇ～」なんて口を尖《とが》らせて直《す》ぐに諦めてたけど、何だろうな……心なしか、もう少し粘《ねば》ったら行けてたような気が……もうちょい粘れよ芦田……！

俺の席に椅子をくっ付けてた山崎は俺のプリントを引ったくって内容を写し始めた。夏川は「そんなんじゃ覚えられない」なんて理由で見せてくれなかったんだろうけど、山崎は良いや。アバダ・ケダブラ。

「外も涼しくなってきたね～」

「何なら朝ちょっと寒かったしな……ブレザーはちょっと早いし、俺もカーディガン的なの買おうかね」

「さじょっちもザキヤマもブレザーからのワイシャツの夏服だったもんね。あたしもバレー部の練習着で使ってるパーカーだったたし、買おうかな。愛《あい》ちの見てたら可愛《かわい》くて」

「そ、そう……？」

「あ！　お揃《そろ》いの欲《ほ》しい！　今度お店教えて！」

「ええ……？　どこだったかなぁ？」

「スカート隠《かく》れるくらい長いやつとか好きなんだよな」

「ザキヤマの趣味《しゅみ》じゃん、絶対にヤ。彼女《かのじょ》に着てもらえば？」

「や、あの……彼女居ないんすけど」

うぐっ……何故か俺にもダメージが……。彼女居ないのに彼女居る前提で話進められるとか拷問《ごうもん》だろ……。まぁ、山崎は性格だけで損してるタイプだからな。中身が残念とお下劣《げれつ》の二点セットなんだわ。自分の性癖《せいへき》とか女子の前でサラッと言うべきじゃない。ちなみにスカートが隠れるくらい長いやつは私も好きです。その恰好でライブ配信してくれたら投資と言う名の投げ銭もやぶさかではない。

秋物の制服、かぁ……。夏川のカーディガン姿、可愛いんだよな。確かメッセージのアイコンがその自撮り姿だ。初めて見た時は速攻《そっこう》で画像保存しに行ってプロテクトされて泣く泣くスクショして拡大表示して歓喜《かんき》したわ……冷静に思い出すとヤベー奴だな。アイドルでもなく、同級生の女子ってのがヤバい。いや落ち着け、アイドルでもヤバい気がする。

「ていうか、俺も知りてぇよ。メンズのカーディガンってどこに売ってんの」

「アマゾン。ユニクロ」

「うっす」

おかしい……芦田や夏川みたいにワクワク感が無い。こういうのって店探しから楽しむもんじゃねぇの？　お求め先が速攻で決まったんだけど。何ならネット使えば自宅で済んじゃうんだけど。便利で嬉しいんだか悲しいんだかよくわかんねぇな。

「朝は寒かったけど今はちょうど良いよね。今日、外で食べる？」

「あ、良いかも……」

「マジ？　俺らもそうしよっかな」

「え〜、ザキヤマたち騒《さわ》がしいじゃん〜」

「や、お前らのとこも同じ感じだと思うけど」

　一学期みたいに夏川が周りに馴染《なじ》んで中心的になる、みたいなのは最近は鳴りを潜《ひそ》めたものの、習慣付いたのか一部の女子グループはやや夏川の近くに座《すわ》って食べるのが日常になってる。別に騒がしくない系の女子でも五、六人も集まれば姦《かしま》しさで賑《にぎ》やかになるのは仕方なかった。同じ女子だからか、夏川や芦田は特に気になってないみたいだ。俺？　良い匂《にお》いがした。まる。

「てかみんな来ると座る場所無くなっちゃうじゃん」

「多くなると注目されそう……」

「ちぇー、まぁ俺らも最近は集まり微妙《びみょう》だしな。佐城《さじょう》はどこのグループだかよくわかんねえし」

「〝グループ〟って言っちゃうとな。最近は用事があったりそのついでに食うのが増えたからなぁ……」

　元々は山崎たちと集まりつつ夏川――ひいては芦田グループに絡《から》んでた。そういう意味じゃ元からどっち付かずの感じだな……。実態だけ見ると山崎たちと一緒なんだけど心は夏川組の幹部だったから。今は夏川教の教祖。

俺がどうだろうと野郎《やろう》連中は集まりが悪い。そもそも食い方がバラバラ。弁当だったりコンビニ飯だったり食堂だったり購買《こうばい》だったり、場所も違《ちが》ければタイミングも違う。しかも気分で変わったりするからタイミングが合わせられない。合わそうとするほどの真面目《まじめ》な奴が居ない。何だかんだ一人で食ったりなんてのは誰でもザラな事だった。一人で食ってる時に白井《しらい》さんとか斎藤《さいとう》さんとかがもじもじしながら佐々木《ささき》を誘《さそ》おうとしてるのを見た時はツラすぎて思わず妹の有希《ゆき》ちゃんにメッセージしそうになった。感謝しろよ佐々木、お前が今生きてられるのは俺のおかげだ。

「よっしゃ俺もおーわり！　バイビ！」

「あ、ザキヤマずるい！」

「あいつ、やっぱり写すの狙《ねら》ってやがったな……」

最近はところ構わず「写させて！」なんてうろうろしだすから割とマジでウザがられている。さすがに学習したのか今回は言いはしなかったけどやっぱりうぜぇ。さっき夏川がそっぽ向いた時の気持ちがわかったわ。

「いいもんっ、愛ちに解《と》き方教えてもらうから」

「あれ、俺は」

「さじょっちは…………いいや！」

「それ一番傷付く断り方だかんな？」

いつもの図々《ずうずう》しさはどうしたよ。〝答え間違《まちが》ってそう〟ってはっきり言えよ。俺だってできる事なら夏川に教えてもらいてぇよ。正面から顔見れねぇんだよ。

「えっと……外で食べるの？」

「あ、うーん……さじょっちはどっちが良い？」

「え？　俺は今日は一ノ瀬《いちのせ》さんと食べるけど？」

「え……？」

「は……？」

…………え？

返事をすると、二人は俺を見たまま止まった。黙《だま》りだすのが怖《こわ》い。え、なに、そんなに俺が一ノ瀬さんと食うのが意外？　知り合いなのは知ってるよな……確かに学校じゃ初めてだけど、バイトしてた時は店主の爺《じい》さんの奥《おく》さんからご馳走《ちそう》されて一緒に食べたりしてたんだけど。

「えっと……さじょっち？　一ノ瀬ちゃんと食べるの？」

「え？　うん」

「それは、なに……そういう気分だから？」

「や、気分で『今日はこの子と食べよう』ってならないから。単純に誘われたんだよ。この前」

野郎ならまだしも気分で女子誘える度胸とか無いから。向こうも複雑だろそんなん。てか普通に拒《こば》まれるわ。

「夜……一ノ瀬さんと連絡《れんらく》、取ってるの？」

今度は夏川からの追及《ついきゅう》。〝質問〟じゃなくて〝追及〟って言うとまるで俺が夏川の彼氏《かれし》みたいな雰囲気《ふんいき》になるな……うへへ。ていうか、俺に彼女が居たら他《ほか》の女子と食べるとか絶対しないから。夏川なら尚更《なおさら》。

「連絡ってか……普通にメッセージだけど。夜は結構話したりするな」

「ど、どのくらい？」

「え、どのくらいって？」

「毎日？」

「いやそんなには………一ノ瀬さんがバイトの日とか」

「ど、どのくらい？」

「な、夏川……？」

「答えた方が身のためだよー、さじょっち」

え、ちょっと持って何この空気？　マジで何かちょっと追及されてる感じなんだけど。何で一ノ瀬さんのときだけ？　四ノ宮先輩《しのみやせんぱい》の時とかはこんなの無かったじゃん。

「えっと……週四、くらい……？」

「は⁉　ちょっと待って週四もメッセージし合ってんの⁉」

「おいっ、声でかいからっ」

幸いにも一ノ瀬さんの席は正反対で遠いから良いけど、あまり周囲に聞かれたい話じゃない。一ノ瀬さんもまさか誰かに広げるつもりで俺を誘ったわけでもないだろう。絶対にそういうタイプ。

「ちょっとさじょっちどーゆーことッ……⁉　最近メッセのグループの発言少ないと思ったら他の子とイチャイチャしてたわけ⁉」

「イチャイチャしてねぇよッ……！　大体はバイトの話ばっかだよ！　今日はこんなお客さんが居たとか、店長がこんなこと言ってたとか」

思ったより二人の食い付きが強すぎてたじろぐ。目を白黒させてしまうとはこういう事だろう。ぐいぐい近付いて来る芦田を何とか押しとどめ、逃《に》げ道《みち》を確保する。

と、その隙間《すきま》を夏川が塞《ふさ》いだ。

「渉《わたる》からも、するの……？」

「え、ま、まぁ……」

「何てよ」

「えっと……『変なお客さん来なかった？』とか、『つらくない？』とか」

「パパじゃん！　それもうパパじゃん！」

「パパじゃね――パパ、か……」

「ちょっと満更《まんざら》でもなさそうにしてるじゃん！」

や、違うんだよ？　これは庇護《ひご》欲であって別に父性を覚えてるわけじゃなくてね？　あくまでこれはバイトの元先輩としての感情であってね？　まぁなに、六回生まれ変われるんだったら一回くらい一ノ瀬さんのパパでも良いかなとは思いましたです、はい。

「いや心配するじゃん……ちょっと慣れたとはいえ、あの一ノ瀬さんが接客してんだぞ？」

「――……昨日……ったのに、ばか」

「え、ばか？　昨日――え……？」

「なんでもないわよっ！」

「え……」

「やーいバーカバーカ、さじょっちのバーカ」

…………え？

EX3 ❤❤ アルバイトが終わったら

【佐城《さじょう》くん、こんばんは】
【返事遅《おく》れてごめん。風呂《ふろ》入ってた。
こんばんは、一ノ瀬《いちのせ》さん。バイト終わった？】
【はい、さっき終わりました】
【もう二か月かぁ。バイトも完璧《かんぺき》でしょ】
【い、いえ……そういうことは】
【言葉遣《ことばづか》い。メッセージだとやっぱり抜《ぬ》けない？】
【はい……あ、うん。何となく手紙を書くみたいで……】
【そういえば、俺《おれ》も一ノ瀬さんに手紙書こうとしたらこの口調だったわ】
【え……私に、手紙を書こうとしたんですか？】
【前に、一ノ瀬さんから笹木《ささき》さんの伝言をもらったときにね。
俺には無理だった……】

【無理だった……書きかけですか？　ありますか？】
【あ、いや……その、ノートの端《はし》に試《ため》し書《が》きしただけで直《す》ぐに消しました】
【……】
【いや、ごめんね？
手紙もらったからには俺も手紙で返そうと思ったんだけど。心折れちゃって。
やっぱり手紙で返して欲しかった？】
【いえ……その、文通というものに少し憧《あこが》れがあって】
【そっか……んじゃ、ちょっと頑張《がんば》ってみるかな……】
【え……】
【や、一ノ瀬さんとはこうしてよく話すからさ。
せっかくなら、手紙でやり取りする方が良いのかなって】

【……あの、昨日はお返事できなくてすみません】
【全然気にする事ないけど。どしたん？】
【あの、考えてみたんですけど、やっぱりお手紙はいいかなって……】
【……まぁ、書き方すらわからない奴と文通しても、だよな】

【そ、そういうことじゃないですっ……】
【何か一ノ瀬さんなりに考えがあったんでしょ】
【はい、えっと……】
【あ、言いづらいなら良いよ】
【いえ！　特にそういうことは！】
【一ノ瀬さんが「！」使うの新鮮《しんせん》だな……】
【「！」、なかなか見つかりませんでした……。
「」も】
【あれ？　俺と同じ機種だったよね？　キーボードの「わ」の右側にない？】
【「わ」の右側は「？」です】
【長押《ながお》ししてみて】
【！！！！】
【打ててる打ててる笑
ちなみに「びっくり」って打っても候補に出るはず】
【本当だ！　出る！】
【一ノ瀬さん？】

【これなら元気に話せる！】
【そうだね笑】
【何で笑う！】
【いや、ハキハキ喋ってる一ノ瀬さん想像しちゃって笑】
【ハキハキ話せる！】
【腹痛い腹痛いｗ】
【「ｗ」ってなに！】
【ｗｗｗｗ】

【すみません……取り乱しました】
【面白《おもしろ》かったけどね笑
こういうところで別の人格つくっちゃうといつか面倒《めんどう》な事になるから】
【あの、さっきの文通のお話ですけど……】
【うん】
【お手紙のやり取りだと、こうして簡単にお話できなくなってしまうので……】
【それはあるかもな。時間もかかるし】

【それは……嫌《いや》です】
【そっかぁ。一ノ瀬さんの手紙、可愛かったけどね】
【どのあたりがですか！】
【ごめんごめん笑　面白がってるわけじゃなくて。
笹木さんの連絡先《れんらくさき》にそっと自分のも添《そ》えてるとことかさ】
【笹木さん……怒《おこ》ってましたか？】
【怒ってたよ。何で自分にバイト辞《や》めるの教えてくれなかったんだーって】
【笹木さん、「怒ってやりました！」って言ってました】
【メッセージで？】
【いえ、古本屋に来て言ってました。笑ってましたよ】
【そっか。相変わらずご贔屓《ひいき》にしてもらって何より】
【あの……お客さんとしてではなく、後輩《こうはい》として見てあげてください】
【笹木さんは大切な後輩だよ。見た目、ぜんぜん後輩に見えないけど】
【……】
【や、決して一ノ瀬さんと比べたわけじゃなくてね？】
【確か佐城くん……大学生のお姉さんと勘違《かんちが》いしてたって……】

【この話はやめよう】

【バイト終わった?】
【こんばんは、佐城くん。今アルバイト終わりました】
【あ、こんばんは。いきなりメッセしてごめん】
【もしかして、こういう場で「こんばんは」っておかしいのかな】
【どうだろう……でも一ノ瀬さんと話す時だけかも】
【やめたほうがいい?】
【いや? 良いことだと思う。俺らしくて】
【うん……えっと、どうしたの……?】
【いや、一週間くらい連絡してなかったからさ。何かごめん】
【別に謝る事じゃ……】
【今日は変なお客さん来なかった?】
【佐城くん、お兄ちゃんとお父さんと同じこと訊《き》いてくる】
【うっ……】
【今日は来なかったけど……時々は】

【え、大丈夫《だいじょうぶ》なん？】
【呼《よ》び鈴《りん》を置くようになって、困ったお客様はお爺さんを呼んでる】
【お、おお……それなら大丈夫なの、か？】
【……最近ね】
【ん？】
【夏休みに佐城くんに言われたみたいに、取り繕ってみようと思って】
【え、マジで!?】
【マジで！】
【ｗｗｗ】

【ごめんなさい】
【実は、このやり取りから浮《う》かんで……】
【あ、そうなんだ】
【最近、ＪＫの動画を見て】
【んん？】
【はぁ？　何すかぁ？】

【待った待った！】

【はい】

【その口調、ここだけね？　先輩とかお父さんとかに使わないであげてね？　ショック受けるから。ていうかそこまでして取り繕わなくていいよ】

【いいのかな……？】

【呼び鈴あるならそれで行こう。爺さんに頼《たよ》るに限る】

【佐城くんがそう言うなら……】

【バイト、終わったばっかかって言ったっけ？　もしかしていま外？】

【帰り道です】

【え、夜じゃん。危な】

【懐中《かいちゅう》電灯を持って帰ってます。防犯ブザーも】

【足りるのそれ？】

【この懐中電灯、三百メートル先まで届くらしくて……】

【三百メートル】

【絶対に明かりの部分を覗《のぞ》くなって……】

【ご父兄《ふけい》の本気を感じる】

【アルバイトは絶対に辞めないって言ったらこれが……】
【めっちゃ考えたんだろうなぁ】
【お値段調べて、アルバイト代でお金を返そうとしたら突《つ》き返されました……】
【やめたげてよぉ！】

【こんばんは、佐城くん】
【こんばんは、一ノ瀬さん】
【今日、笹木さんが来ました】
【あ、そうなんだ】
【佐城くんに会えなくて寂《さび》しがってたよ……？】
【俺もメッセで言われたよ。先輩冥利《せんぱいみょうり》に尽《つ》きる】
【今度の文化祭、絶対に行くって】
【マジか。それなら先輩として案内してやらないとな】
【うん。あ……私も、それについてお話しようと思っていて……】
【それなら笹木さんも入れたグループ作ろうか。その方が良いっしょ？】
【グループ……！　はい！】

【先に笹木さんに連絡しといたから、返って来てからね】
【はい！】
【いい返事】
【今日……星が見える】
【見たよ。微《かす》かに見えるな】
【佐城くん、最近忙しそう】
【いや……まぁ、もう片付くよ】
【そうなんだ……】
【心配かけた感じ？】
【ううん。佐城くんなら、どうせやり遂《と》げるから】
【信頼《しんらい》が厚すぎてプレッシャー】
【でも、疲れてるように見えた……】
【え、マジで】
【佐城くんのところに逃げようとしたら溜《た》め息《いき》ついてた】
【そろそろ白井《しらい》さん達《たち》に慣れようぜ……】
【あ、この懐中電灯……】

【せめて防犯ブザーにしてあげて】
【あの、もう片付くのなら……忙しくなくなりますか？】
【……ん？　うん】
【あの……佐城くん】
【どした？】
【いつかお昼休みに……いや】
【ん？】
【やっぱりあの……】
【うん】
【佐城くん……お電話って、どこを押せば良いんでしょうか……？】

【一ノ瀬さん、こないだの話なんだけどさ】
【えっ？　一ノ瀬さん？】
【あ、ごめ、誤爆《ごばく》った。ばいび】
【待てぇいさじょっち！！】

あとがき

皆さん、お疲れ様です。おけまるです。
『夢見る男子は現実主義者6』はいかがだったでしょうか。Webでも数多くの感想をいただいたパートという事もあり、皆さんの心に響くものを何か一つでも残すことができていれば幸いです。

本巻の山場ですが、私がWeb版で投稿を始めた時から構想していた一つの節目でした。そこに辿り着くまで思ったより時間がかかった事は否めないですが、その背景には、『夏川《なつかわ》愛華《あいか》』というヒロインを簡単にデレデレしてしまうような陳腐な存在にしたくなかったという思いがあります。そうやって進める中で、読者の皆さんから多くの感想のほか、ご意見やご考察の声もいただいております。それがなかなか的を射るような内容もあり、今後の課題として受け止めさせていただいております。今後も寄り道回り道をしながら話が進んで行くと思いますが、どうか温かい目で見守っていただければと思います。

さて、話は変わりますが、今回はライトノベル作家を目指す方を応援する意味を込めて、私が現在に至るまでを自分語りしながらお話ししようと思います。職業としての『ライトノベル作家』をアピールする意味もあります。

本作を手に取っていただいた方の中には十代の方や未就業の方も居らっしゃる事だと思います。中には将来の夢として密かに『ライトノベル作家』に就《つ》くことを候補に入れている方も居らっしゃるのではないでしょうか。ちなみに就活前の私がまさにコレでした。「高校生の頃から書いているのだから、それが強みになって物書きに関連する仕事に就けるのではないか」と。

ですが、現実を見据えるとそう甘い話ではありませんでした。就職そのものが難しいご時世で、さらに門の狭いライトノベル作家を一番の候補として目指すにはなかなか精神的につらいものがありました。自分の将来が不安で仕方なくなります。そもそも「家族になんて話せば……」という課題があり、胸を張って目指そうという勇気はありませんでした。

結果――就活を終えた私は一般企業に就職しました。ライトノベル作家の道を一度は諦めたのです。

ただ、それでも物語を書き進める意欲は残っていました。もともと高校生の頃から書いていたのです。仕事として活動ができなくても趣味として続けて行き、Ｗｅｂサイトで読者の方に「面白い」と感想をいただければそれだけで日々の活力に繋がりました。

そうして趣味として続けて行くうち、私がいつも作品を投稿しているサイトの企画でコンテストが開催されました。それが、本作を世に出すきっかけとなった『ＨＪネット小説大賞２０１９』でした。小説投稿サイトにもよりますが、こうしたレーベルとのタイアップ企画が年に数回ほど実施されております。ＨＪ文庫とか、ＨＪ文庫とか、あとはＨＪ文庫などですね。

そのコンテストでの入賞が、私がライトノベル作家として歩み出す大きなきっかけとなりました。まさか社会人になったこのタイミングで夢が叶うとは、と、しばらく実感が湧かなかったのを覚えております。

ここまでの話で分かった事があると思います。ライトノベル作家になるのに急ぐ必要はないということ、ライトノベル作家になるのに年齢制限がないこと。就職が自分の人生のこれからを決める全てではないという事です。この事実を学生時代の私が知っていれば、もっと楽な心持ちで社会に足を踏み込む事ができていたかもしれません。誰か教えてくれても良かったじゃないですか。

堅実に生きることはとても大切なことだと思います。ですが、それを延々と続けた先に皆さんにとっての〝満足〟はあるでしょうか。誰しもいい歳になって、なりたかったものに何一つなれなかったと嘆く大人にはなりたくないと思います。もし皆さんの中にライトノベル作家になりたいと憧れる方が居らっしゃいましたら、どうか諦めずに挑戦してみてください。別に私のようにどこかの会社に就職してしまってからでも良いんです。夢破れる事が無く、何度でも挑戦できる道がすぐそこにある事は皆さんの心の支えにもなるはずです。夢と現実をどちらも見れる世界がそこにあります。夢見る現実主義者という言葉に矛盾など初めから存在しません。

いつか皆さんの作品に、読者として没入する日が来る事を楽しみにしております。

おけまるでした。

ついに自身の気持ちに気付き始めた愛華。
そんな彼女の変化を、渉はどう受け止めるのか……？
そして、準備に奔走した文化祭がついに開催！
鴻越高校に個性まみれのヒロインたちが集合する——!?
第7巻
発売決定
!!!
夢見る男子は現実主義者7
夏頃 発売予定！

HJ文庫 https://firecross.jp/
986

夢見る男子は現実主義者 6

2022年3月1日　初版発行

著者――おけまる

発行者―松下大介
発行所―株式会社ホビージャパン

〒151-0053
東京都渋谷区代々木2-15-8
電話　03(5304)7604（編集）
　　　03(5304)9112（営業）

印刷所――大日本印刷株式会社

装丁――coil／株式会社エストール

Printed in Japan

ISBN978-4-7986-2755-7　C0193

ファンレター、作品のご感想お待ちしております

〒151－0053　東京都渋谷区代々木2－15－8
(株)ホビージャパン HJ文庫編集部 気付
おけまる 先生／さばみぞれ 先生